中华远古的恋歌雅乐

——《诗经》注译与导读·雅

谢柏梁 译注

中国戏剧出版社

图书在版编目（CIP）数据

中华远古的恋歌雅乐：《诗经》注译与导读·雅 / 谢柏梁译注.
—北京：中国戏剧出版社，2021.12
ISBN 978-7-104-05120-6

Ⅰ.①中… Ⅱ.①谢… Ⅲ.①古体诗—诗集—中国—春秋时代
②《诗经》—注释③《诗经》—译文 Ⅳ.①I222.2

中国版本图书馆CIP数据核字（2021）第164146号

中华远古的恋歌雅乐——《诗经》注译与导读·雅

责任编辑：王　恬
责任印制：冯志强

出版发行：中国戏剧出版社
出 版 人：樊国宾
社　　址：北京市西城区天宁寺前街2号国家音乐产业基地L座
邮　　编：100055
网　　址：www.theatrebook.cn
电　　话：010-63385980（总编室）　010-63381560（发行部）
传　　真：010-63383910

读者服务：010-63387810
邮购地址：北京市西城区天宁寺前街2号国家音乐产业基地L座

印　　刷：河北京平诚乾印刷有限公司
开　　本：787mm×1092mm　1/16
印　　张：21
字　　数：290千字
版　　次：2021年12月　北京第1版第1次印刷
书　　号：ISBN 978-7-104-05120-6
定　　价：128.00元

前　言

中国最早的一部诗歌总集是《诗经》。

《诗经》最初的通称是《诗》。孔子也曾将这通称和篇目结合起来，谓之《诗三百》。秦始皇焚书时，《诗》亦不能幸免。到了汉代，凭记忆与私家收藏研究《诗》的还有齐、鲁、韩、毛四家，但保存下来的只有由毛亨、毛苌所传下来的版本。所以人们又以毛亨的《毛诗故训传》为据，将《诗》称为《毛诗》。汉武帝独尊儒术，孔子整理和评点过的《诗》亦被尊称为“经”，因此《诗经》便成为这部诗集沿用最广的定名。

从《左传》所载吴公子季札在鲁国观看配乐《诗》演唱的情形看，至迟在襄公二十五年（公元前544年）之前，《诗经》便已编定成型。不学《诗》，无以言，从季札直到如今的2500多年中，人们一直在学习、研究，或者自觉不自觉地引用着《诗经》。

《诗经》一共有305篇，分为《风》《雅》《颂》三大类别，反映了周代从公元前11世纪西周初年到公元前6世纪左右春秋中叶约500年的历史生活时代。

如果加上只有标题、没有内容的6首笙诗——《南陔》《白华》《华黍》《由庚》《崇丘》《由仪》，则《诗经》一共有311篇。正是因为这6首诗有题无内容，所以一般还是称《诗经》为305篇，简称为

“诗三百”。

《风》即15《国风》，系反映各国民情风俗的地方歌谣，其创作年代贯串了长达500年的历史长河。周代的采诗官到民间采风后，将所得民歌予以整理，一共编定了160首民歌，依照不同产生地区排列成15《国风》。

其中《周南》《召南》共有25首诗，产地约在今河南的临汝、南阳和湖北的襄阳、宜昌和荆州地区。《邶》《鄘》《卫》都属卫地，大体在今河北的磁县、东明，河南的濮阳、安阳、淇县、滑县、汲县、开封、中牟等地。《王风》共10首诗。王是王都简称，平王东迁洛邑后，王都所在地包括今河南洛阳、孟县、沁阳、偃师、巩县、温县等地。《郑风》共21首诗，产地在今河南新郑一带。《齐风》共11首诗，当时齐国以临淄为首都，横跨今山东北部与中部。《魏风》有7首诗。魏地在今山西芮城东北。《唐风》共10首诗，唐地因晋水改称晋国，在今山西中部太原一带。《秦风》共10首诗，秦地在今陕西地区和甘肃东部。《陈风》共10首诗。陈地在今河南淮阳、柘城和安徽亳县一带。《桧风》有4首诗，桧地在今河南密县东。《曹风》4首，曹地在今山东菏泽、定陶、曹县一带。《豳风》共7篇，豳地在今陕西栒邑、邠县一带。

《雅》分为《大雅》和《小雅》，又称《二雅》，系朝廷的正声，周秦的乐调，产地大略在陕西西安一带。其中《小雅》共74首，《大雅》31首，合起来为105首诗。《大雅》产生于西周时期，《小雅》产生于西周末东周初的过渡时期。

《颂》是庙堂乐章，一共有40首诗。其中《周颂》31首，《鲁颂》4首，《商颂》5首，都是求神告祖的祭祀乐章、歌声舞容的扮演场面。歌功颂德、娱神赞君是其基本内容。

简言之，“风土之音曰《风》，朝廷之音曰《雅》，庙堂之音曰《颂》”。郑樵在《六经奥论》中的这一归纳较为切合实际。也正因为《诗经》先后反映了不同时代、不同地区以及不同阶层人们的生活情状和心理状态，所以除了几位篇末具名的诗人如尹吉甫、奚斯等人外，整部诗歌集都可以看成是先民们的集体创作。从民间创作到文人润色、从文人润色到乐工合律、从乐工合律到歌舞扮演，《诗经》从粗糙到精致，从杂乱到整饬，从平面到立体，从局部到全局，就像一方明净而浩瀚的湖泊，较具代表性地汇聚了500多年里中国大地上的情感生活、社会生产、宫廷政治和征伐统一等周代先民发展史上的点点涓滴、脉脉泉流、潺潺小溪和滔滔大河。

反映爱情婚姻和家庭生活的内容，是《诗经》中最为多见的题材。《关雎》中描写了青年男女从相恋到成家的过程，而更多的情诗则着重渲染着情感生活中的某一横截面。《卷耳》中的女郎想念爱人，《汉广》中的男子苦恋汉水那边的游女，《摽有梅》中的待嫁女对婚期的企盼，《桃夭》中对艳若桃李的新娘的赞颂，都显出一唱三叹的挚情浓意。至若《将仲子》写失恋，《氓》与《白华》中摹状弃妇的苦痛，都显出女子无助的悲哀。尽管《野有蔓草》《野有死麕》中也有男女邂逅、美满结合的放逸，但更多的诗篇还是在呼唤有保障的婚姻和长久的结合。《南山》谓“取（娶）妻如之何，必告父母”，“匪媒不得”，就是对稳定婚姻的郑重企盼。有了稳固而长久的婚姻情感寄托，那么即令是《杕杜》中征夫怨妇两相离别的苦恋，也显得如此甜蜜动人。婚恋诗在《国风》中的大量篇目和《小雅》中的部分存在，谓之是描摹“后妃之德”，当然难以成立，但称之为“好色而不淫”的情爱心理宣泄，则是可以对应的事实。对那些荒淫无耻的淫乱行为，哪怕是国王公侯如《株林》中的陈灵王、《载驱》《南山》中的齐襄公，《诗经》都予以了大胆揭露和一针见血的讥刺。

对劳动生活和社会生产的描写，在《诗经》中亦时时可见。例如《大田》《良耜》中写农耕活动，《生民》写后稷对农作物的培育和推广，《七月》描叙一年四季周而复始的农业劳作乃至蚕桑、建筑的铺展过程，都堪称井然有序而蔚为系统。如果说婚恋诗是种族繁衍的一大标志，那么农耕诗则是发展生产、保障生活的某些缩影。统治者与被统治者的对立，劳心劳力者的差异，创造财富者与享受财富者的不平等，迫使许多劳动人民从心底发出不公不平的呐喊。例如《伐檀》中工人们对不劳而获的统治者的质问，《硕鼠》中百姓们不堪欺凌剥削、对理想乐土的期望，都反映出勤苦生产与奢侈消费之间的巨大差距与严重对立。一些诗篇也反映出田官对子民雇工们的组织，侯王对大规模农耕的关注，统治者对粮囤的集中管理，在相当程度上反映出农业生产的社会化、组织化和集约化程度，这也表明了当时农作知识的丰富和生产力水平的较高程度。

《诗经》中还反映出夏周两代的兴盛衰微史以及诸侯国的内政外交与相互兼并史。中国古代汉民族没有蔚为规模的长篇史诗，《诗经》可以看成是一部抒情性的史诗短章。从有娀古国到简狄生契，从商地建国到盘庚迁殷，从夏桀败亡到成汤一统，从武丁称雄到后嗣宋国，《商颂》简洁地记载了殷商谱系的变迁。至若周代史诗《生民》中假托有邰氏之女姜嫄与上帝交感而生始祖后稷，《皇矣》记太王迁岐、王季治邦、文王兴国，《下武》《大明》等诗载武王伐纣、成康之治；甚至厉王被逐、宣王中兴、幽王遭弑、平王东迁等一系列大的历史事件，在《诗经》中都可以或多或少、或显或隐地得到映衬和补充。

因此《诗经》既是一部活的风俗人情史和生产生活史，又是一部简洁的部族兴衰与朝代变迁史，它是具备中国特色的抒情史诗。那么多诸侯国之间的政治纠葛、军事纠纷和权力联姻，都在《诗经》中生动而具体地展现出来，这是中华民族上古史中最为鲜活的第一手资料。至于先民们的天命观念、宗族信仰、价值尺度、道德风范、人伦准则和审美倾向，都在《诗经》中有着直接而完整的体现。

关于《诗经》的艺术技巧，前人一般用赋、比、兴来予以阐明，并且推广成为我国文学创作的一般手法。《周礼》说“太师教六诗：曰风，曰赋，曰比，曰兴，曰雅，曰颂”，这里的风、雅、颂是指分类，赋、比、兴当指其艺术手段言。所以朱熹为之定义说，“赋者，敷陈其事而直言之者也”；“比者，以彼物比此物也”；“兴，先言他物以引起所咏之词也”。

赋实际上包括了速写、白描、叙述、对话、抒情、议论等直接表现的主体内容。例如《渭阳》叙外甥送舅，句句都是大白话、大实话，没有任何夸饰和讲究。《楚茨》记载周王祭祀祖先的情状，都是对祭祀的过程与场面的细致描摹。《閟宫》有9章120句，是《诗经》中最长的一首诗，但也都是朴实本色的白描。即使后来写到山岭上的松柏，也是作为砍下来营建宫庙的材料，没有把松柏与人格予以太多联想型对应。明人谢榛在《四溟诗话》中认为《诗经》中使用赋的地方有720处，这自然太为拘执；但《诗经》中大抵以朴素白描为重，这却是其基本的诗风。

比就是比喻。关于“如山如河”“有女如玉”“王室如毁”“有力如虎”等明喻，在《诗经》中比比皆是。《硕人》状女郎之美，接连用了“手如柔荑，肤如凝脂、领如蝤蛴、齿如瓠犀”等一组明喻，真是众美皆备。隐喻如《柏舟》中的“我心非鉴，不可以茹”，表明少妇自谓其心不是镜子，不能容纳更多的形象，也不能任人来照的意志。《正月》里“胡为虺蜴”，把如今之人都比成是蛇虫，也是极为沉痛的隐喻。借喻如《硕鼠》《新台》中把剥削者和卫宣公比成大老鼠和癞蛤蟆，十分到位地表明了普通人对大人物的高度憎恶。

兴是从眼前之景比照、映衬、顺接出心中要说之事。例如《江有汜》中从江水分岔起兴，接着描叙到彼此情爱的生分；《何彼秾矣》从唐棣花朵的秾艳引出王姬出嫁的美艳；《谷风》先写阴雨风暴的袭击，转而描写丈夫变心给妻子情感世界带来的重大冲击，都是显例。由此看来，兴实际上只是个引子，其目的是要引出全篇的主体来；它不像比那样直接地对应，不一定明确地以甲物比乙物，因此显得更为随意、散淡和自然。赋比兴的巧妙结合，不仅是《诗经》中的基本手法，同时也是中国诗歌与民谣最为常用的艺术手段。

至于对话体的引进，夹叙夹议的铺陈，抒情与论理的交织乃至戏剧性场面的建构等艺术手法，在《诗经》中更是屡见不鲜。合歌而奏、依舞而谱，要求《诗经》通常以复唱、递进的格式来传达意旨，以当时通俗、明白的语言来表达情感，这就形成了遣词用句、谋篇布局的大致体例。

对于《诗经》的学习和研究，是中国读书人历朝历代的基本功课之一。有关注释、笺证等各种选本和全本，越来越多而且门派各异、蔚为大观。20世纪以来用白话译《诗经》的做法也精彩纷呈，各有千秋。本书译注皆在前人的基础之上与当代学者的荫蔽之下，以白话诗的方式对《诗经》予以了全译，并适当配加了简明扼要的注释、题解，也匮集了历代名家和当代前辈学者的知名简评。

初步的成果既已献上，更为完美些的题解、注释、集评和译作，还应在读者诸君的赐正之后。

1995年1月，写于上海戏剧学院

2021年7月，修订于中国戏曲学院

目　录

小雅·鸿雁之什

小雅·节南山之什

小雅·谷风之什

小雅·甫田之什

小雅·鱼藻之什

大雅

大雅·文王之什

大雅·生民之什

大雅・荡之什

鹿鸣

王恬

我行其野

王恬

小　雅

小雅·鹿鸣之什

鹿　鸣

【导读】

这是一首宴飨诗。主人盛情款待尊贵贤德的客人，鼓乐齐鸣，场面非常隆重。宾主把酒言欢，其乐融融。

【评介】

“《鹿鸣》，宴群臣嘉宾也。既饮食之，又实币帛筐篚，以送其厚意，然后忠臣嘉宾得尽其心矣。”（《毛诗序》）

“此宴飨宾客之诗也。盖君臣之分，以严为主；朝廷之礼，以敬为主。然一于严敬，则情或不通，而无以尽其忠告之益，故先王因其饮食聚会，而制为燕飨之礼，以通上下之情。而其乐歌又以鹿鸣起兴，而言其礼意之厚如此，庶乎人之好我，而示我以大道也。《记》曰：‘私惠不归德，君子不自留焉。’盖其所望于群臣嘉宾者，唯在于示我以大道，则必不以私惠为德而自留矣。呜呼！此其所以和乐而不淫也欤？”（朱熹《诗集传》）

“《鹿鸣》，王者宴群臣嘉宾之诗。”（陈子展《诗经直解》）

“这是贵族宴会宾客的诗。”（程俊英《诗经译注》）

【原诗】	【译诗】
呦呦鹿鸣，	鹿儿呦呦直叫鸣，
食野之苹。	在那野地吃草苹。
我有嘉宾，	我请朋友当嘉宾，
鼓瑟吹笙。	弹琴鼓瑟又吹笙。
吹笙鼓簧，	吹起笙来簧片鸣，

承筐是将[1]。　　满筐礼品席上呈。
人之好我，　　众位嘉宾抬爱我，
示我周行[2]。　　为我指引大路行。

呦呦鹿鸣，　　鹿儿呦呦直鸣叫，
食野之蒿。　　在那野地吃青蒿。
我有嘉宾，　　我请朋友当嘉宾，
德音孔昭[3]。　　品德崇高远近昭。
视民不恌[4]，　　对民诚实不轻佻，
君子是则是效。　　大人君子皆仿效。
我有旨酒，　　我有美酒滋味好，
嘉宾式燕以敖[5]。　　嘉宾同饮兴致高。

呦呦鹿鸣，　　鹿儿呦呦直叫鸣，
食野之芩。　　在那野地吃草芩。
我有嘉宾，　　我请朋友当嘉宾，
鼓瑟鼓琴。　　弹琴鼓瑟闻好音。
鼓瑟鼓琴，　　鼓起瑟来弹起琴，
和乐且湛[6]。　　乐声和鸣人尽兴。
我有旨酒，　　我有美酒滋味好，
以燕乐嘉宾之心。　　用来愉悦贵宾心。

【注释】

[1]承，奉上。将，奉送，敬上。

[2]示，指明。周行，大路，指光明前景。

[3]德音，声誉。孔昭，很好，很辉煌。

[4]恌（tiāo挑），轻佻、刻薄、苛求。

[5]式，语助词。燕，同宴。敖，开心，舒畅。

[6]湛（zhàn战），持久快乐、尽兴。

四　牡

【导读】

这首诗写使官为“王事”常年在外奔波劳碌，生活困苦，父母无人奉养，唱这首诗表达心中的忧伤和怨愤。

【评介】

“《四牡》，劳使臣之来也。有功而见知，则说（悦）矣。”（《毛诗序》）

“此劳使臣之诗也。夫君之使臣，臣之事君，礼也。故为臣者，奔走于王事，特以尽其职分之所当为而已，何敢自以为劳哉？然君之心，则不敢以是而自安也。故燕祥之际，叙其情以闵其劳。”（朱熹《诗集传》）

“这是出使的官吏思归的诗。”（程俊英《诗经译注》）

【原诗】	【译诗】
四牡騑騑[1]，	四匹公马脚步疲，
周道倭迟[2]。	大路漫长又弯曲。
岂不怀归？	难道不想回家去？
王事靡盬[3]，	君王差事无休止，
我心伤悲。	我心伤悲难控制。
四牡騑騑，	四匹公马跑得忙，
啴啴骆马[4]。	骆马喘气大口张。
岂不怀归？	难道不想回家乡？
王事靡盬，	君王差事无休止，
不遑启处[5]。	没有闲空躺席上。

翩翩者鵻，　　　鹁鸪翩翩俏身影，
载飞载下，　　　飞上飞下忙不停，
集于苞栩[6]。　　歇落密密栎树顶。
王事靡盬，　　　君王差事无休止，
不遑将父[7]。　　没空奉养老父亲。

翩翩者鵻，　　　鹁鸪翩翩俏身影，
载飞载止，　　　飞飞停停任意行，
集于苞杞。　　　歇落密密杞树顶。
王事靡盬，　　　君王差事无休止，
不遑将母。　　　没空奉养老母亲。

驾彼四骆，　　　驾起四马奔前方，
载骤骎骎[8]。　　马蹄得得车轮忙。
岂不怀归？　　　难道不想回家乡？
是用作歌，　　　编唱小曲心事长，
将母来谂[9]。　　无限怀念我亲娘。

【注释】

[1]牡，公马。骓骓（fēi飞），疾行不止而疲劳不堪。

[2]周道，大路。倭（wēi危）迟，逶迤，曲折迂迴。

[3]靡盬（gǔ古），无休止。

[4]啴（tān贪）啴，喘息状。骆马，白身黑尾马。

[5]不遑（huáng皇），无暇。启处，启为小跪；处同居，坐下。

[6]集，歇息。苞，繁盛。栩（xǔ许），栎树。

[7]不遑，没有闲空。将，将养，养育。

[8]载，语助词。骎（qīn亲）骎，马疾走状。

[9]谂（shěn审），念记。

皇皇者华

【导读】

这首诗写使臣马不停蹄到各地寻访贤臣，体察民情。

【评介】

“《皇皇者华》，君遣使臣也。送之以礼乐，言远而有光华也。”（《毛诗序》）

“此遣使臣之诗也。君之使臣，固欲其宣上德而达下情；而臣之受命，亦唯恐其无以副君之意也。故先王之遣使臣也，美其行道之勤，而述其心之所怀……盖亦因以为戒，然其辞之婉而不迫如此，诗之忠厚，亦可见矣。”（朱熹《诗集传》）

“《皇皇者华》，与《四牡》同是使臣在途中自咏之作。后乃作为乐章，一用之于君劳使臣之来，一用之于君遣使臣之往。”（陈子展《诗经直解》）

“这是一个使者出外调查民间情况的诗。”（程俊英《诗经译注》）

【原诗】	【译诗】
皇皇者华[1]，	百花烂漫满人间，
于彼原隰[2]。	高原低地多鲜妍。
駪駪征夫[3]，	匆匆忙忙出差人，
每怀靡及。	总念虑事不周全。
我马维驹[4]，	高头大马在前面，
六辔如濡[5]。	六根缰绳滑又软。
载驰载驱，	骏马轻车跑得快，

周爰咨诹[6]。	四处查访问个遍。
我马维骐，	高头大马黑夹青，
六辔如丝。	六根缰绳丝样软。
载驰载驱，	骏马轻车跑得快，
周爰咨谋。	四处谋划问个遍。
我马维骆，	高头大马黑尾巴，
六辔沃若。	六根缰绳光闪闪。
载驰载驱，	骏马轻车跑得快，
周爰咨度。	四处测度问个遍。
我马维骃[7]，	高头大马毛色杂，
六辔既均。	六根缰绳均匀攥。
载驰载驱，	骏马轻车跑得快，
周爰咨询。	四处咨询问个遍。

【注释】

[1]皇皇，灿烂辉煌。华，花。

[2]原，高原。隰（xí习），低湿地。

[3]駪（shēn伸）駪，匆忙。

[4]驹，同骄，高头大马。

[5]六辔（pèi配），六根缰绳。如濡，润泽鲜亮，油光光。

[6]周，普遍。爰（yuán元），于。咨，咨询。诹（zōu邹），讨论。

[7]骃（yīn因），浅黑间杂白毛的马。

常　棣

【导读】

这首诗写宴请兄弟，表达同心协力，共度患难的愿望。“诗以死丧祸乱与和平安宁对比，朋友妻子与兄弟关系对比，突出‘凡今之人，莫如兄弟’的主题。”（程俊英《诗经译注》）

【评介】

“《常棣》，宴兄弟也。闵管、蔡之失道，故作《常棣》焉。”（《毛诗序》）

“周公吊二叔之不咸（和），而使兄弟之恩疏，召公为作此诗，而歌以亲之。”（《笺》）

“此燕兄弟之乐歌。”“此诗盖周公既诛管、蔡而作……其志切，其情哀，乃处兄弟之变，如孟子所谓‘其兄关弓而射之，则己垂涕泣而道之’者。”（朱熹《诗集传》）

“这是一首宴请兄弟的诗。”“诗以死丧祸乱与和平安宁对比，朋友妻子与兄弟关系对比，突出‘凡今之人，莫如兄弟’的主题。”（程俊英《诗经译注》）

【原诗】	【译诗】
常棣之华[1]，	常棣绽开花朵，
鄂不韡韡[2]。	怎不烨烨闪烁？
凡今之人，	当今世上之人，
莫如兄弟。	莫如兄弟情笃。
死丧之威，	死亡丧命威迫，

兄弟孔怀。　　　　只有兄弟记着。
原隰裒矣[3]，　　　山川人世变乱，
兄弟求矣。　　　　自有兄弟寻索。

脊令在原[4]，　　　鹡鸰高原流落，
兄弟急难。　　　　有难兄弟救我。
每有良朋，　　　　每每平素好友，
况也咏叹。　　　　一旁空自叹哦。

兄弟阋于墙[5]，　　兄弟家中吵嘴，
外御其务[6]。　　　对外团结抗恶。
每有良朋，　　　　每每平素好友，
烝也无戎[7]。　　　不会管你死活。

丧乱既平，　　　　死丧祸乱已过，
既安且宁。　　　　全家安宁生活。
虽有兄弟，　　　　那时感到兄弟，
不如友生。　　　　不如朋友快乐。

傧尔笾豆[8]，　　　摆好餐具菜果，
饮酒之饫[9]。　　　痛快来把酒喝。
兄弟既具，　　　　兄弟尽数坐齐，
和乐且孺[10]。　　　大家融洽欢乐。

妻子好合，　　　　夫妻情好意合，
如鼓瑟琴。　　　　弹琴鼓瑟心和。
兄弟既翕[11]，　　　兄弟既已和睦，
和乐且湛。　　　　大家尽兴欢乐。

宜尔室家，	家庭安排帖妥，
乐尔妻帑[12]。	妻子儿女快活。
是究是图，	远谋深虑想过，
亶其然乎[13]？	情景确实不错。

【注释】

[1]常棣（dì弟），棠梨。华，花。

[2]鄂，通“萼”，即花萼。不，花托。韡（wěi伟）韡，鲜艳。

[3]原隰（xí习），山川。裒（póu抔），损失，变迁。

[4]脊令，鹡鸰，水鸟。在原，在高地，指水鸟失其所，比喻人碰到危难处。

[5]阋（xì细），争吵。

[6]御，反抗。务，侮辱。

[7]烝，大家。戎，帮助。

[8]傧（bīn宾），陈列，铺排。笾（biān边）豆，盛水果肉类的竹木碗。

[9]饫（yù玉），吃饱喝足，酒醉饭饱。餍足。

[10]孺，相亲相爱。

[11]翕（xī西），和睦相处。

[12]帑（nú奴），同“孥”，儿女。

[13]亶（dǎn胆），确实，信然。

伐　木

【导读】

这是一首宴飨诗，主人宴请好友故旧，以显情深意重。毛诗序：“自天子至于庶人，未有不须友以成者。亲亲以睦，友贤不弃，不遗故旧，则民德归厚矣。”

【评介】

“《伐木》，燕朋友故旧也。自天子至于庶人，未有不须友以成者。亲亲以睦，友贤不弃，不遗故旧，则民德归厚矣。”（《毛诗序》）

“此燕朋友故旧之乐歌。”（朱熹《诗集传》）

“韩诗曰：‘《伐木》废，朋友之道缺。劳者歌其事。诗人伐木，自苦其事，故以为文。’”（[清]王先谦《诗三家义集疏》）

“这是一首宴享亲友故旧的诗歌，此诗可能出自民间，后为贵族所修改、采用，也可能是贵族文人仿民歌的作品。”（程俊英《诗经译注》）

【原诗】	【译诗】
伐木丁丁，	叮叮当当把树砍，
鸟鸣嘤嘤。	嘤嘤咛咛鸟鸣欢。
出自幽谷，	鸟儿都从深谷出，
迁于乔木[1]。	乔迁高林把家搬。
嘤其鸣矣，	嘤嘤鸟鸣啼不住，
求其友声。	求伴呼友声相连。
相彼鸟矣[2]，	且看那些鸟儿们，
犹求友声。	尚且相求朋友应。
矧伊人矣[3]，	况且咱们是人类，
不求友生？	无友帮衬怎能行？
神之听之，	朋友同声神祇听，
终和且平。	和平安宁降人间。
伐木许许，	嗨嗨嗬嗬把树砍，
酾酒有藇[4]。	摆开醇酒好香甜。
既有肥羜[5]，	肥嫩羊羔烧煮好，
以速诸父[6]。	恭请伯叔来尝鲜。

宁适不来，	宁肯伯叔不能来，
微我弗顾[7]。	不是后生不顾念。
於粲洒扫[8]，	庭院洒扫好粲然，
陈馈八簋[9]。	八盘大菜搬面前。
既有肥牡[10]，	肥嫩公羊烧煮好，
以速诸舅。	恭请长辈来尝鲜。
宁适不来，	宁肯长辈不能来，
微我有咎。	免得人言把我谴。

伐木于阪，	斜坡之上把树砍，
釃酒有衍[11]。	杯杯美酒都斟满。
笾豆有践[12]，	餐具菜肴摆整齐，
兄弟无远。	兄弟之间莫疏远。
民之失德，	人们往往交情淡，
干糇以愆[13]。	饭食相争得过愆。
有酒湑我[14]，	有酒人家斟酒甜，
无酒酤我[15]。	无酒人家沽酒鲜。
坎坎鼓我，	敲起鼓儿声坎坎，
蹲蹲舞我。	和着节奏舞翩翩。
迨我暇矣，	趁着今日大家闲，
饮此湑矣。	清酒畅饮尽开颜。

【注释】

[1]迁，升。乔木，高大的树木。

[2]相，看、视。

[3]矧（shěn审），何况。伊人，那些人。

[4]釃（shī师）酒，醇厚的美酒。有萸（xù序），酒味美。

[5]羜（zhù住），酒味甜美。

[6]速，邀请。诸父，同宗长辈。
[7]微，非。弗顾，不顾念，不尊重。
[8]於（wū乌），叹词。粲，鲜亮洁净。
[9]陈，陈列，摆设。馈（kuì溃），食品。簋（guǐ鬼），容器。
[10]肥牡，肥美的小公羊。
[11]衍，满而溢出，多而美好。
[12]笾（biān边）豆有践，食物排列有序，果品，肉食皆十分丰盛。
[13]干糇（hóu猴），干粮、点心。衍，过失。
[14]湑（xǔ许），过滤后之清酒。
[15]酤，未经过滤之酒。一说同“沽”，打酒，买酒。本文采取后一种说法。

天　保

【导读】

这首诗写臣子答谢君王宴请之恩，多祝颂赞美之词。

【评介】

“《天保》，下报上也。君能下下以成其政，臣能归美以报其上焉。”（《毛诗序》）

“‘下下’，谓《鹿鸣》至《伐木》，皆君所以下臣也。臣亦宜归美于王，以崇君之尊而福禄之，以德其歌。”（《笺》）

“人君以《鹿鸣》以下五诗燕其臣，臣受赐者，歌此诗以答其君。言天之安定我君，使之获福如此也。”（朱熹《诗集传》）

“这是一首臣子祝颂君主的诗，反映了当时统治阶级‘敬天保民’的思想。”（程俊英《诗经译注》）

【原诗】
天保定尔，
亦孔之固；
俾尔单厚[1]，
何福不除[2]？
俾尔多益，
以莫不庶[3]。

天保定尔，
俾尔戬穀[4]；
罄无不宜[5]，
受天百禄。
降尔遐福，
维日不足[6]。

天保定尔，
以莫不兴；
如山如阜，
如冈如陵，
如川之方至，
以莫不增[7]。

吉蠲为饎[8]，
是用孝享；
禴祠烝尝[9]，
于公先王。
君曰："卜尔[10]，
万寿无疆。"

【译诗】
老天保佑呵护你，
多么牢靠尽心力。
使你生活很殷实，
什么福分不恩赐？
使你行善多收益，
时时处处皆富庶。

老天保佑呵护你，
使你福分都备齐。
万事万物总相宜，
天赐百禄全如意。
每日福祉降临你，
唯恐哪天不足礼。

老天保佑呵护你，
时时处处有生机。
如同山阜插天际，
如同冈陵出大地，
如同潮水滚滚来，
时时处处皆增益。

酒饭洁静又整齐，
用来尽孝摆祭祀。
春夏秋冬忙不停，
先祖先王享厚祭。
前王借尸开口言：
万寿无疆将你赐。

神之吊矣[11]，　　神圣降临颂声起，
诒尔多福[12]；　　诸多福分都贻你。
民之质矣，　　人民老实又朴质，
日用饮食。　　日用饮食皆有余。
群黎百姓，　　所有黎民百姓们，
遍为尔德。　　大家感你恩德赐。

如月之恒，　　如同新月渐满盈，
如日之升；　　如同日月升天际；
如南山之寿，　　如同南山长寿考，
不骞不崩[13]；　　永不崩塌久屹立。
如松柏之茂，　　如同松柏永茂盛，
无不尔或承。　　长久继承有后嗣。

【注释】

[1]俾（bǐ比），使。尔，你。单厚，宽裕，丰厚。

[2]除（zhù柱），恩赐。

[3]以，发语词。庶，富庶。

[4]戬（jiǎn简）穀（gǔ古），福禄咸备。

[5]罄（qìng庆），尽，尽其所有。

[6]维，惟恐。日不足，哪一天不足。

[7]以，发语词。莫不增，无时无地不增益。

[8]吉蠲（juān捐），洁净。饎（chì赤），酒饭。

[9]禴（yuè月）夏祭。祠，春祭。烝（zhēng征），冬祭。尝，秋祭。

[10]君，先王神灵。卜尔，赐给你。

[11]吊，来到。巫师扮先祖到来。

[12]诒（yí移），贻，送予。

[13]骞（qiān千），亏损。崩，崩裂。

采　薇

【导读】

这首诗写戍边兵士出征归家。前五章写征战之苦，思乡之切；最后一章回想出征时杨柳依依，如今回来雨雪交加，更显凄凉哀伤。最后一章历来为人所称道，情景交融，极写内心之苦。毛诗序：“文王之时，西有昆夷之患，北有猃狁之难。以天子之命，命将率遣戍役，以守卫中国。

【评介】

“《采薇》，遣戍役也。文王之时，西有昆夷之患，北有猃狁之难。以天子之命，命将率遣戍役，以守卫中国。故歌《采薇》以遣之，《出车》以劳还，《杕杜》以勤归也。”（《毛诗序》）

“此遣戍役之诗。以其出戍之时采薇以食，而念归期之远也”（朱熹《诗集传》）

“《采薇》，描述边防军士服役思归，爱国恋家，情绪矛盾苦闷之作。”（陈子展《诗经直解》）

“这是一位守边兵士在归途中赋的诗。”“末章以柳代春，以雪代冬，借景表情，感时伤事，富于形象性和感染力，是千古传诵的名句。”（程俊英《诗经译注》）

【原诗】	【译诗】
采薇采薇！	采薇菜呀采薇菜，
薇亦作止[1]。	薇菜丛丛冒出来。
曰归曰归！	说归来呀讲归来，
岁亦莫止[2]。	岁月如流年底快。
靡室靡家，	犹若无家原因在，
猃狁之故[3]。	为了抵御猃狁来。

不遑启居[4]，　　　　没有闲空暂坐下，
猃狁之故。　　　　为了抵御猃狁来。

采薇采薇！　　　　采薇菜呀采薇菜，
薇亦柔止。　　　　薇菜柔嫩好采摘。
曰归曰归！　　　　说归家呀讲归家，
心亦忧止。　　　　心头愁闷眉不开。
忧心烈烈，　　　　忧思如焚难铺排，
载饥载渴。　　　　又饥又渴难忍耐。
我戍未定，　　　　驻防地点不固定，
靡使归聘[5]。　　　　家书难以带得来。

采薇采薇！　　　　采薇菜呀采薇菜，
薇亦刚止[6]。　　　　薇菜已老硬难摘。
曰归曰归！　　　　说归家呀讲归家，
岁亦阳止[7]。　　　　今年十月又到来。
王事靡盬[8]，　　　　君王兵差无休止，
不遑启处。　　　　没有闲空歇下来。
忧心孔疚[9]，　　　　我心忧愁又内疚，
我行不来[10]。　　　　只恐出征难归来！

彼尔维何？　　　　那边是甚繁盛哉？
维常之华[11]。　　　　那是棠棣花儿开。
彼路斯何？　　　　那边何物有气派？
君子之车。　　　　将帅战车威风摆。
戎车既驾，　　　　兵车驾起车轮滚，
四牡业业[12]。　　　　四马奔腾跑得快。
岂敢定居，　　　　岂可定居歇下来？

一月三捷。　　一月三胜转防快。

驾彼四牡，　　驾起四匹大公马，
四牡骙骙[13]。　　四马飞驰真豪迈。
君子所依，　　将军倚车挥宝剑，
小人所腓[14]。　　士兵隐蔽车身外。
四牡翼翼，　　四匹公马多整齐，
象弭鱼服[15]。　　象牙弓弭鱼箭袋。
岂不日戒，　　哪敢一天不警戒？
猃狁孔棘[16]。　　猃狁猖獗马步快。

昔我往矣，　　当年从军把路开，
杨柳依依。　　杨柳依依拂面来。
今我来思，　　如今退伍独归去，
雨雪霏霏。　　纷飞雪花满身开。
行道迟迟[17]，　　冰雪铺道行路缓，
载渴载饥。　　饥寒交迫步难迈。
我心伤悲，　　满怀伤感又苦恼，
莫知我哀！　　有谁知我心悲哀？！

【注释】

[1]作，长出来。止，语气词。

[2]莫，暮，到了尽头。

[3]猃狁也作猃（xiǎn险）狁（yǔn允），西北少数民族。

[4]不遑（huáng黄），没有空。启，跪；居，坐。

[5]靡使，没有信使。归聘，捎信回家或送信过来。

[6]刚，薇菜变老。

[7]阳，十月。

[8]靡盬（gǔ古），无休止。
[9]孔疚，很难受。
[10]来，返回。我行不来，我去而不返。
[11]常，棠梨树。华，花。
[12]业业，公马强健高大状。
[13]骙（kuí癸）骙，马儿强壮。
[14]腓（féi肥），隐蔽，作掩护。
[15]象弭（mǐ米），象牙弓。弭为弓两端缚弦处。鱼服，鱼皮箭袋。
[16]孔棘，很猖獗，很嚣张。
[17]迟迟，缓慢。

出　车

【导读】

这首诗写士兵出征凯旋而归，笔墨不在胜利的喜悦，而多写战事之艰难，归家之心切。

【评介】

“《出车》，劳还率也。”（《毛诗序》）

“遣将率及戍役，同歌同时，欲其同心也。反而劳之，异歌异日，殊尊卑也。”（《笺》）

“此劳还率之诗。”（朱熹《诗集传》）

“《出车》，南仲奉命为江，北攘猃狁，西伐西戎，随征军士描述此一战本末而作。”（陈子展《诗经直解》）

“这是一位出征的武士凯旋归来赋的诗。”（程俊英《诗经译注》）

【原诗】	【译诗】
我出我车，	我率我部战车，
于彼牧矣[1]。	前往牧野布防。
自天子所，	出自天子居所，
谓我来矣！	命我出征此方。
召彼仆夫，	立即叫过马夫，
谓之载矣[2]！	驱车火速前往。
王事多难，	国家面临灾难，
维其棘矣[3]！	事急奔向边疆。
我出我车，	我率我部战车，
于彼郊矣！	来至郊原一方。
设此旐矣[4]，	插上龟蛇旗帜，
建彼旄矣[5]！	树起干旄飘扬。
彼旟旐斯，	龟蛇鹰隼起舞，
胡不旆旆[6]？	迎着风儿激荡。
忧心悄悄，	我心忧虑战局，
仆夫况瘁[7]。	马夫憔悴奔忙。
王命南仲[8]，	天子命令南仲，
往城于方[9]。	将军筑城朔方。
出车彭彭，	车队澎澎湃湃，
旂旐央央。	旌旗明明晃晃。
天子命我，	公布天子部署，
城彼朔方[10]。	部队修建城防。
赫赫南仲，	威威赫赫南仲，
猃狁于襄[11]。	战胜猃狁擅长。

昔我往矣，　　当年北往离乡，
黍稷方华[12]。　　黍稷花儿开放。
今我来思，　　如今转战途中，
雨雪载涂。　　大雪化作泥浆。
王事多难，　　国家多灾多难，
不遑启居[13]。　　没法安居家乡。
岂不怀归？　　难道不想早归？
畏此简书[14]。　　天子简书敢忘？

喓喓草虫，　　蝈蝈喓喓直唱，
趯趯阜螽[15]。　　蚱蜢蹦蹦朝上。
未见君子，　　未见南仲之时，
忧心忡忡。　　整日心忧愁长。
既见君子，　　既然得见南仲，
我心则降[16]。　　心中石头已放。
赫赫南仲，　　赫赫有名南仲；
薄伐西戎[17]。　　征讨西戎威扬。

春日迟迟，　　春天光明长长，
卉木萋萋。　　草木郁郁苍苍。
仓庚喈喈[18]，　　黄鹂喈喈鸣唱，
采蘩祁祁[19]。　　采蘩姑娘来往。
执讯获丑[20]，　　杀敌寇审俘虏，
薄言还归。　　凯旋荣归家乡。
赫赫南仲，　　威威赫赫南仲，
玁狁于夷[21]。　　扫平玁狁名扬。

【注释】

[1]于，去。牧，野外，郊野。

[2]谓，使。之，他，指仆夫。载，出车。

[3]棘，紧急

[4]旐（zhào兆），龟蛇大旗。

[5]旄（máo毛），旄牛尾装饰的旗帜。

[6]旆（pèi沛）旆，飘扬状。

[7]况瘁（cuì翠），憔悴。

[8]南仲，周宣王时大臣。

[9]城，筑城。方，朔方，北方，邻近玁狁（xiǎn yǔn 险允）。

[10]朔方，即北方。

[11]襄，扫除。战胜。

[12]华，开花。方华，正在开花。

[13]不遑，没空。启居，跪坐。

[14]简书，天子之命，写在竹简之上。

[15]趯（tì惕）趯，跳跃状。阜螽（zhōng中），蚱蜢。

[16]降，放心。

[17]西戎，西北少数民族。

[18]仓庚，黄莺。喈喈，莺啼声。

[19]祁祁，众多。

[20]执讯，审俘虏。获丑，杀敌人后割下耳朵，以计战绩。

[21]夷，平定。

杕　杜

【导读】

这首诗写妻子思念远征的丈夫。国家战事不断，丈夫迟迟不归，妻子日夜思念，忧心忡忡。

【评介】

“《杕杜》，劳还役也。”（《毛诗序》）

“此劳还役之诗。故追述其未还之时，室家感于时物之变而思之”（朱熹《诗集传》）

“《杕杜》，征夫逾时不归，夫人思怨之作。此与后世诗人所谓‘闺思’‘闺怨’之作同类。”（陈子展《诗经直解》）

“这是一位民间妇女思念久役的丈夫的诗。”（程俊英《诗经译注》）

【原诗】	【译诗】
有杕之杜[1]，	一棵棠梨孤立，
有睆其实[2]。	结出累累果实。
王事靡盬[3]，	君王差事不止，
继嗣我日。	让我延长服役。
日月阳止[4]，	日子已到十月，
女心伤止，	妻子担忧生气：
征夫遑止[5]！	我夫应该歇息！
有杕之杜，	一棵棠梨挺立，
其叶萋萋。	枝叶郁郁萋萋。
王事靡盬，	君王差事不止，
我心伤悲。	让我伤心叹气。

卉木萋止，　　草木萋萋郁郁，
女心悲止，　　妻子痛苦悲啼：
征夫归止！　　我夫理应休息。

陟彼北山，　　登上北山坡地，
言采其杞。　　我来采摘枸杞。
王事靡盬，　　君王差事不止，
忧我父母。　　忧我爹娘生计。
檀车幝幝[6]，　　檀木车儿破敝，
四牡痯痯[7]，　　四马疲乏无力，
征夫不远！　　征人归家有期。

匪载匪来，　　车人皆未归此，
忧心孔疚。　　忧心成病难医。
期逝不至[8]，　　人儿过期未至，
而多为恤[9]。　　多么惆怅无力。
卜筮偕止[10]，　　问那占卜卦辞，
会言近止[11]，　　都说很快相聚，
征夫迩止[12]！　　征夫将到家里。

【注释】

[1]杕（dì弟）杜，孤单的棠梨树。

[2]睆（huǎn缓），果实饱满状。

[3]靡盬（gǔ古），无休止。

[4]阳，十月。

[5]遑，暇，空闲。

[6]檀车，檀轮车。幝（chǎn产）幝，破旧。

[7]痯（guǎn管）痯，病态。

[8]期逝，归期已过。

[9]恤，忧愁，怅然。

[10]卜筮（shì市），算卦。偕（xié鞋），嘉，好，吉。

[11]会言，都说。

[12]迩，近。

鱼丽

【导读】

这是一首宴飨通用的乐歌，美酒佳肴，极为奢华。

【评介】

“《鱼丽》，美外物盛多，能备礼也。文、武以《天保》以上治内，《采薇》以下治外，始于忧勤，终于逸乐，故美万物盛多，可以告于神明矣。”（《毛诗序》）

“外，谓诸夏也。外，谓夷狄也。”（《笺》）

“此燕飨通用之乐歌。即燕飨所荐之羞，而极道其美且多，见主人礼意之勤，以优宾也。”（朱熹《诗集传》）

“《鱼丽》，妒羡君子鱼酒旨多，生活美富之时。盖为用罶捕鱼之小人所作。”（陈子展《诗经直解》）

“这是写贵族宴飨宾客的诗。诗中描写了贵族所用的鱼和酒，不但又美又多，而且常有不缺，反映了当时贵族生活的豪华。”（程俊英《诗经译注》）

【原诗】	【译诗】
鱼丽于罶[1]，	鱼儿游进捕鱼篓，
鲿鲨[2]。	鲿鱼、鲨鱼滴溜溜。
君子有酒，	那位先生藏有酒，
旨且多。	又美又多香入喉。
鱼丽于罶，	鱼儿游进捕鱼篓，
鲂鳢[3]。	鳊鱼、黑鱼滴溜溜。
君子有酒，	那位先生藏有酒，
多且旨。	又美又多香入喉。
鱼丽于罶，	鱼儿游进捕鱼篓，
鰋鲤[4]。	鰋鱼、鲤鱼滴溜溜。
君子有酒，	那位先生藏有酒，
旨且有。	又美又多香入喉。
物其多矣，	食物丰盛品种多，
维其嘉矣。	美味嘉肴尝不够。
物其旨矣，	食物丰盛真美好，
维其偕矣。	味觉和谐口水流。
物其有矣，	食物丰盛应时令，
维其时矣[5]。	新鲜物品样样有。

【注释】

[1]丽（lí离），鱼滴溜溜跳动的样子。罶（liǔ柳），鱼篓。

[2]鲿（cháng长），黄颊鱼。鲨，体圆而有黑点的鱼。

[3]鲂（fáng房），鳊鱼。鳢（lǐ李），黑鱼。

[4]鰋（yǎn眼），鲇鱼。

[5]时，时令，时鲜。

小雅·南有嘉鱼之什

南有嘉鱼

【导读】

这是贵族宴饮时唱的诗，多赞美之词。毛诗序：“太平君子至诚，乐与贤者共之也。”

【评介】

“《南有嘉鱼》，乐与贤也。太平之君子至诚。乐与贤者共之也。”（《毛诗序》）

“此亦燕飨通用之乐。”“此亦因所荐之物，而道达主人乐宾之意也。”（朱熹《诗集传》）

“《南有嘉鱼》，君子以鱼酒燕乐嘉宾之诗。”（陈子展《诗经直解》）

“这也是一首描写贵族宴会宾客的诗。”（程俊英《诗经译注》）

【原诗】	【译诗】
南有嘉鱼，	南方鱼儿佳美，
烝然罩罩[1]。	水中成群结队。
君子有酒，	主人摆出酒菜，
嘉宾式燕以乐[2]。	嘉宾宴饮展眉。
南有嘉鱼，	南方鱼儿佳美，
烝然汕汕[3]。	群群摇头摆尾。
君子有酒，	主人酒菜丰盛，
嘉宾式燕以衎[4]。	嘉宾笑不闭嘴。

南有樛木，　　　　南山树木弯垂，
甘瓠累之。　　　　葫芦藤儿低坠。
君子有酒，　　　　主人摆出酒菜，
嘉宾式燕绥之[5]。　　嘉宾高兴品味。

翩翩者鵻[6]，　　　鹁鸪翩翩起飞，
烝然来思。　　　　天上成群结队。
君子有酒，　　　　主人酒菜不断，
嘉宾式燕又思。　　嘉宾尽兴举杯。

【注释】

[1]烝（zhēng争）然，众多。罩罩，鱼群拍击水流的声音

[2]燕，宴。

[3]汕汕（shàn扇），鱼游动时的自在之态。

[4]衎（kàn看），快乐。

[5]绥（suí随），愉快安乐。

[6]鵻（zhuī追），鹁鸪。

南山有台

【导读】

这也是贵族宴饮时的诗，祝福周王多得治国之贤才，毛诗序：“得贤则能为邦家立太平之基矣。”

【评介】

“《南山有台》，乐得贤也。得贤则能为邦家立太平之基矣。”

（《毛诗序》）

“人君得贤，则其德广大坚固，如南山之有基趾。”（《笺》）

“此亦燕飨通用之乐。”“所以道达主人尊宾之意，美其德而祝其寿也。”（朱熹《诗集传》）

“《南山有台》，臣工祝颂天子之诗。”（陈子展《诗经直解》）

“这是祝祷周王得贤的诗。诗人采用民歌习语作为每章的发端，增强了诗的音乐性。”（程俊英《诗经译注》）

【原诗】	【译诗】
南山有台[1]，	南山莎苔遍地栽，
北山有莱[2]。	北山处处长藜菜。
乐只君子，	那位贤人真欢快，
邦家之基。	国家根基栋梁材。
乐只君子，	那位贤人真欢快，
万寿无期。	万寿无期永存在。
南山有桑，	南山遍地长蚕桑，
北山有杨。	北山处处是白杨。
乐只君子，	那位贤人真欢畅，
邦家之光。	国家民族添荣光。
乐只君子，	那位贤人真欢畅，
万寿无疆。	万寿无疆永健康。
南山有杞，	南山遍地长杞树，
北山有李。	北山处处长李树。
乐只君子，	那位贤人真欢舒，
民之父母。	百姓父母名不虚。
乐只君子，	那位贤人真欢舒，

德音不已。	恩德般般难细数。

南山有栲，	南山遍地栲树稠，
北山有杻。	北山檍树满山丘。
乐只君子，	那位贤人真欢乐，
遐不眉寿[3]？	岂不高年又长寿？
乐只君子，	那位贤人真欢乐，
德音是茂。	恩德丰茂誉九州。

南山有枸，	南山遍地长甜枸，
北山有楰[4]。	北山处处长苦楸。
乐只君子，	那位贤人真欢喜，
遐不黄耇[5]？	岂不黄发享高寿？
乐只君子，	那位贤人真欢喜，
保艾尔后[6]。	子孙后代来保佑。

【注释】

[1]台，通“薹”，莎草，可做蓑衣。

[2]莱（lái来），藜草，可供食用。

[3]遐，同何。眉寿，长寿。

[4]楰（yú于），苦楸。

[5]黄耇（gǒu苟），长寿，寿星。

[6]艾，养育。尔后，你的子孙后代。

蓼　萧

【导读】

这也是一首在贵族宴饮时唱的诗，多赞美祝颂之词。

【评介】

"《蓼萧》，泽及四海也。"（《毛诗序》）

"九夷八狄七戎六蛮谓之四海，国在九州之外，虽有大者，爵不过子。"（《笺》）

"诸侯朝于天子，天子与之燕以示慈惠，故歌此诗。"（朱熹《诗集传》）

"此盖天子宴诸侯而美之之词耳。然美中寓戒，而因以劝导之。"（方玉润《诗经原始》）

"《蓼萧》，《序》说'泽及四海'，盖谓此为燕远国之君之乐歌。"（陈子展《诗经直解》）

"这是诸侯在宴会中祝颂周王的诗。"（程俊英《诗经译注》）

【原诗】	【译诗】
蓼彼萧斯[1]，	香蒿郁郁葱葱，
零露湑兮[2]。	露珠浸挂其中。
既见君子，	见到那位君子，
我心写兮[3]。	我心舒坦畅通。
燕笑语兮[4]，	饮宴谈笑风生，
是以有誉处兮。	真是欢乐无穷。
蓼彼萧斯，	香蒿郁郁葱葱，
零露瀼瀼[5]。	露珠晶莹闪动。

既见君子，　　　　见到那位君子，
为龙为光[6]。　　　　有若阳光飞龙。
其德不爽[7]，　　　　他的恩德遍播，
寿考不忘。　　　　长命百岁寿永。

蓼彼萧斯，　　　　香蒿郁郁葱葱，
零露泥泥[8]。　　　　露珠湿润丰隆。
既见君子，　　　　见到那位君子，
孔燕岂弟[9]。　　　　盛宴喜气融融。
宜兄宜弟，　　　　兄弟团结友爱，
令德寿岂[10]。　　　　美德长寿与共。

蓼彼萧斯，　　　　香蒿郁郁葱葱，
零露浓浓。　　　　露珠密密丛丛。
既见君子，　　　　见到那位君子，
鞗革冲冲[11]。　　　　马辔镶嵌黄铜。
和鸾雍雍[12]，　　　　铃儿叮叮咚咚，
万福攸同[13]。　　　　万般福音永同。

【注释】

[1]蓼（lù路），苍翠青青、郁郁葱葱。萧，香艾蒿。

[2]零，掉落。湑（xǔ许），润泽、晶莹。

[3]写（xiè泻），通泻，欢愉，舒畅。

[4]燕，酒宴。

[5]瀼（ráng攘），露水盛多

[6]龙、光，皆指君子之贵重英明。一说龙为“宠”字。

[7]爽，偏差。

[8]泥泥，沾濡打湿。

[9]孔燕，盛宴。岂弟（kǎi tì 凯替），和乐相悦。
[10]令德，美德。寿岂，长寿
[11]鞗（tiáo条）革，马辔。冲冲，下垂状。
[12]和、鸾（luán峦），在衡在轼上分别悬挂的车铃。雍雍，和谐状。
[13]攸，所。

湛　露

【导读】

这是周天子宴请诸侯时唱的诗。

【评介】

"《湛露》，天子宴诸侯也。"（《毛诗序》）

"诸侯朝觐会同，天子与之宴，所以示慈惠。"（《笺》）

"此亦燕飨通用之乐。""盖于其夜饮之终而歌之也。"（朱熹《诗集传》）

"《湛露》，西周王室盛时，夜宴同姓诸侯之诗。"（陈子展《诗经直解》）

"这是周王宴饮诸侯的诗。"（程俊英《诗经译注》）

【原诗】	【译诗】
湛湛露斯[1]，	清晨露水浓又浓，
匪阳不曦[2]。	太阳不出露无穷。
厌厌夜饮[3]，	长夜饮宴意气重，
不醉无归。	酒不醉人家难逢。

湛湛露斯，　　清晨露水浓又浓，
在彼丰草。　　肥美野草露无穷。
厌厌夜饮，　　长夜饮宴意气重，
在宗载考[4]。　　祖庙悠悠响长钟。

湛湛露斯，　　清晨露水浓又浓，
在彼杞棘。　　丛丛枸杞露珠丰。
显允君子[5]，　　诚信高贵众亲朋，
莫不令德[6]。　　个个品德人传颂。

其桐其椅，　　这方椅树那方桐，
其实离离[7]。　　果实累累枝头重。
岂弟君子[8]，　　平易近人众亲朋，
莫不令仪。　　仪表俊美礼数同。

【注释】

[1]湛湛（zhàn战），形容露水浓重盛多。

[2]匪阳，不出太阳。晞（xī希），干。

[3]厌厌，长久、安闲状。

[4]宗，宗庙。考，敲钟。

[5]显允，显赫、诚信。

[6]令德，美德。

[7]离离，繁盛下垂状。

[8]岂弟（kǎi tì 凯替），和悦、平易，容易亲近。

彤　弓

【导读】

这是周天子宴请有功的诸侯时唱的诗。

【评介】

“《彤弓》，天子赐有功诸侯也。”（《毛诗序》）

“诸侯敌王所忾而献其功，王飨礼之，于是赐彤弓一，彤矢百，玄氏（黑）弓矢千。凡诸侯，赐弓矢然后专征伐。”（《笺》）

“此天子燕有功诸侯，而赐以弓矢之乐歌。”（朱熹《诗集传》）

“《彤弓》，言天子以彤弓赐有功诸侯之诗，通用为天子赐有功诸侯之乐歌”（陈子展《诗经直解》）

“这是周王举行宴会赏赐有功诸侯时君臣合唱的诗。”（程俊英《诗经译注》）

【原诗】	【译诗】
彤弓弨兮[1]，	朱红弓儿弦已松，
受言藏之[2]。	珍重接受藏家中。
我有嘉宾，	我有许多好客人，
中心贶之[3]。	心里仰慕乐无穷。
钟鼓既设，	钟鼓器乐设置好，
一朝飨之[4]。	盛宴摆开朝阳红。
彤弓弨兮，	朱红弓儿弦已松，
受言载之。	珍重接受带家中。
我有嘉宾，	我有许多好客人，
中心喜之。	满心欢喜乐无穷。

钟鼓既设，	钟鼓器乐设置好，
一朝右之[5]。	举杯劝酒艳阳红。

彤弓弨兮，	朱红弓儿弦已松，
受言櫜之[6]。	珍重接受装袋中。
我有嘉宾，	我有许多好客人，
中心好之[7]。	满心喜爱乐无穷。
钟鼓既设，	钟鼓乐器设置好，
一朝酬之[8]。	频频敬酒日当空。

【注释】

[1]彤（tóng同），朱红色。弨（chāo超），弦松开来。

[2]受，接受。

[3]贶（kuàng况），友善，仰慕。一说为赠送。

[4]飨，盛宴。

[5]右，劝敬美酒。

[6]櫜（gāo高），弓袋。

[7]好（hào号），喜欢。

[8]酬，敬酒。

菁菁者莪

【导读】

这首诗写遇到“君子”（好老师）时的愉快心情。也有认为是情诗，女子遇到心上人，喜不自禁。

【评介】

“《菁菁者莪》，乐育材也。君子长育人材，则天下喜乐之矣。”（《毛诗序》）

“‘乐育材’者，歌乐人君，教学国人，秀士、选士、俊士、造士、进士，养之以渐至于官之。”（《笺》）

“此亦燕饮宾客之歌。”（朱熹《诗集传》）

“这是写学士乐见君子的诗，说的是关于教育人才的事。所以后来人提到教育，常用它作典故。”（程俊英《诗经译注》）

【原诗】	【译诗】
菁菁者莪[1]，	萝蒿青青好茂盛，
在彼中阿。	山阿之中一层层。
既见君子，	终于看到那人儿，
乐且有仪[2]。	无比快乐仪表尊。
菁菁者莪，	萝蒿青青好茂盛，
在彼中沚[3]。	水洲之中一层层。
既见君子，	终于看到那人儿，
我心则喜。	无限喜悦超爱珍。
菁菁者莪，	萝蒿青青好茂盛，
在彼中陵[4]。	高高低低在丘陵。
既见君子，	终于看到那人儿，
锡我百朋[5]。	赠我贝钱一百文。
泛泛杨舟[6]，	杨木船儿河中飘，
载沉载浮[7]。	半浮半沉无人问。
既见君子，	终于见到那人儿，
我心则休[8]。	我心踏实有定准。

【注释】

[1]菁（jīng精），茂盛。莪（é鹅），萝蒿。

[2]仪，仪态俨然。

[3]沚（zhǐ止），小沙洲。

[4]陵，大土山。

[5]锡，赐。朋，两串贝壳为一朋，这是当时的货币单位。

[6]泛泛，漂流。

[7]载沉载浮，忽上忽下。

[8]休，欢畅、踏实。

六 月

【导读】

这首诗写尹吉甫北伐猃狁成功，赞美宣王中兴。

【评介】

“《六月》，宣王北伐也。”（《毛诗序》）

“《六月》，言周室微而复兴，美宣王之北伐也。”（《笺》）

“成康既没，周室寖衰，八世而厉王胡暴虐，周人逐之，出居于彘。猃狁内侵，逼近京邑，王崩，子宣王靖即位，命尹吉甫帅师伐之，有功而归，诗人作歌，以叙其事如此。”（朱熹《诗集传》）

“此诗乃幕宾之颂主将，自当以吉甫作主，宣王则不过追述之而已。”“《六月》，美吉甫佐命北伐有功，归宴私第也。”（方玉润《诗经原始》）

“《六月》，宣王北伐之诗。”（陈子展《诗经直解》）

“这是叙述、赞美宣王时代尹吉甫北伐猃狁获得胜利的诗。”（程俊英《诗经译注》）

【原诗】	【译诗】
六月栖栖[1]，	六月紧张又匆忙，
戎车既饬[2]。	整顿兵车奔前方。
四牡骙骙[3]，	公马四匹真肥壮，
载是常服[4]。	军装捆捆装车上。
猃狁孔炽[5]，	猃狁气焰太嚣张，
我是用急。	我军仓卒应战忙。
王于出征，	周王传令出征去，
以匡王国[6]。	保卫王政与家邦。
比物四骊[7]，	四驾黑马匹匹壮，
闲之维则[8]。	操练进退有规章。
维此六月，	在这非常六月里，
既成我服[9]。	制成军装穿身上。
我服既成，	身上穿着新军装，
于三十里。	三十里路奔驰忙。
王于出征，	周王传令出征去，
以佐天子。	辅助天子救危亡。
四牡修广，	四匹公马高又壮，
其大有颙[10]。	大模大样头高昂。
薄伐猃狁，	讨伐猃狁齐努力，
以奏肤公[11]。	大功告成慰家邦。
有严有翼[12]，	军纪严肃又谨慎，
共武之服[13]。	共同作战力量强。
共武之服，	力量强大齐作战，
以定王国。	王位安定家国康。

猃狁匪茹[14]，	可恨猃狁不自量，
整居焦获[15]。	驻扎焦获来扩张。
侵镐及方[16]，	入侵镐京与朔方，
至于泾阳[17]。	余部策应在泾阳。
织文鸟章[18]，	我军旗帜飞鹰样，
白旆央央[19]。	雪白绸巾在飘荡。
元戎十乘[20]，	先锋战车有十辆，
以先启行[21]。	冲撞敌阵清路障。
戎车既安，	战车平安无损伤，
如轾如轩[22]。	前低后高气势强。
四牡既佶[23]，	公马四匹多雄壮，
既佶且闲。	摆列齐整又驯良。
薄伐猃狁，	讨伐猃狁齐努力，
至于大原[24]。	兵至太原扫一方。
文武吉甫[25]，	文武双全尹吉甫，
万邦为宪[26]。	声名远播震万邦。
吉甫燕喜，	吉甫庆功喜宴开，
既多受祉。	接受祝福与封赏。
来归自镐[27]，	他从镐京班师回，
我行永久。	一路行来时间长。
饮御诸友，	盛情邀请众朋友，
炰鳖脍鲤[28]。	蒸鳖煮鲤味道香。
侯谁在矣？	要问座中还有谁？
张仲孝友[29]。	孝友张仲有雅量。

【注释】

[1]栖栖，匆忙。

[2]戎车，兵车。饬（chì赤），整治。

[3]骙（kuí葵）骙，马强壮的样子。

[4]载，装载。常服，军装。

[5]玁狁（xiǎn yǔn 险允），北方少数民族。孔炽，很猖狂。

[6]匡，匡扶、救助。

[7]比物，选马匹。骊，黑马。

[8]闲，操练。则，法度。

[9]服，军装。

[10]颙（yóng拥第二声），大。

[11]奏，成。肤，大。公，功业。

[12]严，严整。翼，小心翼翼。

[13]共，共同。武，作战。服，从事，参与。

[14]匪茹，不自量。

[15]焦、获，在今陕西省泾阳县西北。

[16]镐（hào浩），宁夏宁武县一带。方，朔方。

[17]泾阳，甘肃省平凉县西。

[18]文，花纹。鸟章，指鹰旗。

[19]白旆（pèi配），白飘带。央央，鲜亮。

[20]元戎，大战车。

[21]启，开启，冲撞。行，敌人战阵。

[22]轾（zhì至）、轩，车俯车仰。

[23]佶（jí吉），强壮。

[24]大原，在今甘肃省固原县。

[25]文武，文武双全。吉甫，尹吉甫，大将。

[26]宪，榜样，楷模。

[27]来归自镐，从镐、方一来归来。

[28]炰（pāo抛），蒸。脍（kuài快），切得很细。

[29]张仲，吉甫之友。孝友，对父母兄弟友善尽职责。

采　芑

【导读】

这首诗记叙周宣王时，大臣方叔讨伐荆楚成功，赞美他的军事才能。

【评介】

“《采芑》，宣王南征也。”（《毛诗序》）

“宣王之时，蛮荆背叛，王命方叔南征。军行采芑而食，故赋其事以起兴”（朱熹《诗集传》）

“《采芑》，宣王南征之诗。”（陈子展《诗经直解》）

“这是描写方叔南征荆蛮（即楚）的诗。它和《六月》一样，是反映宣王时代周族与他族战争的诗篇之一。”（程俊英《诗经译注》）

【原诗】	【译诗】
薄言采芑[1]，	左采右采采芑菜，
于彼新田，	从那新田深处走，
于此菑亩[2]。	到这初垦田亩来。
方叔莅止，	方叔莅临阅兵至，
其车三千，	三千战车真豪迈，
师干之试[3]。	军士比武锋芒开。
方叔率止，	方叔统率将士们，
乘其四骐[4]，	四匹纹马帅车快，
四骐翼翼[5]。	双双并肩左右排。

路车有奭[6]，　　朱红战车耀眼明，
簟茀鱼服[7]，　　鱼皮箭袋竹篷遮，
钩膺鞗革[8]。　　马钩辔革真光彩。

薄言采芑，　　左采右采采芑菜，
于彼新田，　　从那新田深处走，
于此中乡。　　到这耕好田中来。
方叔莅止，　　方叔莅临阅兵至，
其车三千，　　三千战车真豪迈，
旂旐央央[9]。　　面面旌旗迎风摆。
方叔率止，　　方叔统率将士们，
约軧错衡[10]，　　雕花车衡皮饰毂，
八鸾玱玱[11]。　　鸾铃敲响车儿快。
服其命服，　　御赐朝服穿身上，
朱芾斯皇[12]，　　朱黄围腰有光彩，
有玱葱珩[13]。　　佩玉叮当清音排。

鴥彼飞隼[14]，　　鸷鸟疾飞飞得快，
其飞戾天[15]，　　猛然蹿到九天外，
亦集爰止[16]。　　忽然飞落此地来。
方叔莅止，　　方叔莅临阅兵至，
其车三千，　　三千战车真豪迈，
师干之试。　　军士比武锋芒快。
方叔率止，　　方叔统率将士们，
钲人伐鼓，　　敲锣打鼓震天外，
陈师鞠旅[17]。　　誓师队伍齐摆开。
显允方叔[18]，　　方叔威名天下传，
伐鼓渊渊，　　鼓声咚咚军令起，

振旅阗阗[19]。　　军旅操练多豪迈。

蠢尔蛮荆，　　蠢蠢欲动荆蛮在，
大邦为仇！　　敢与大国来作怪。
方叔元老，　　国家元老是方叔，
克壮其犹[20]。　　深谋远虑是帅才。
方叔率止，　　方叔领兵上战场，
执讯获丑[21]。　　审虏杀敌有气概。
戎车啴啴[22]，　　兵车齐发狼烟起，
啴啴焞焞，　　轰轰隆隆吼声高，
如霆如雷。　　雷霆万钧震天外。
显允方叔，　　方叔威名天下传，
征伐猃狁，　　北伐曾把猃狁败，
蛮荆来威[23]。　　荆蛮伏威倒头拜。

【注释】

[1]芑（qǐ起），野菜。

[2]菑（zī资），开垦一年的田。

[3]师，部队。干，盾。试，操练。以上皆叙周宣王之大将方叔治军有方。

[4]骐（qí奇），青黑花纹的马。

[5]翼翼，整齐有序。

[6]路车，巡路之战车。奭（shì式），鲜红。

[7]簟（diàn店）茀（fú扶），竹簾。鱼服，鱼皮箭袋。

[8]钩膺鞗（tiáo条）革，有铜钩串连的马笼头。

[9]旗，龙旗。旐（zhào照），龟蛇旗。央央，鲜明。

[10]约軧（qí其），缠有皮革的车毂。错衡，雕花横木。

[11]鸾，铃。玱玱（qiāng枪），铃响声。

[12]芾（fú弗），围腰裙。皇，辉煌，有光彩。

[13]玱，玉响声。葱，青翠。珩（héng衡），佩首横玉。
[14]鴥（yù玉），鸟疾飞。隼，一种鹰。
[15]戾（lì力），达到。
[16]集，飞落，栖息。爰（yuán元），于。
[17]陈，列队。鞠（jū居）旅，训话、誓师
[18]显允，威名盛传。允为语助词。
[19]振旅，练兵。阗（tián田）阗，鼓声。
[20]克，能。犹，猷，战略、计谋。
[21]执讯获丑，捕捉俘虏，杀敌报功。
[22]啴（tān贪）啴，车队盛大。下文焞（tūn吞）焞意同。
[23]来威，伏威，服帖。

车　攻

【导读】

这首诗描写周宣王与诸侯会猎的盛况。

【评介】

"《车攻》，宣王复古也。宣王能内修政事，外攘夷狄，复文、武之境土。修车马，备器械，复会诸侯于东都，因田猎而选车徒焉。"（《毛诗序》）

"周公相成王，营洛邑为东都，以朝诸侯。周室既衰，久废其礼，至于宣王，内修政事，外攘夷狄，复文武之竟土。修车马，备器械，复会堵侯于东都，因田猎而选车徒焉，故诗人作此以美之。"（朱熹《诗集传》）

"《车攻》，宣王会同诸侯于东都田猎之诗。"（陈子展《诗经直

解》）

“这是一首写周宣王会同诸侯举行田猎的诗。”（程俊英《诗经译注》）

【原诗】	【译诗】
我车既攻[1]，	我的车儿修得牢，
我马既同。	我的马儿选得好。
四牡庞庞[2]，	庞然大物四公马，
驾言徂东[3]。	驾着车儿往东跑。
田车既好[4]，	猎车既已修缮好，
四牡孔阜[5]。	四匹公马个儿高。
东有甫草[6]，	东方甫田草原大，
驾言行狩。	驾车狩猎好逍遥。
之子于苗[7]，	那位大人去打猎，
选徒嚣嚣[8]。	随从紧跟喊声闹。
建旐设旄[9]，	扯起大旗插上旄，
搏兽于敖[10]。	捕猎野兽在山坳。
驾彼四牡，	驾着四匹大公马，
四牡奕奕。	马儿神气块头高。
赤芾金舄[11]，	大红围裙金黄鞋，
会同有绎[12]。	围猎纷纷都赶到。
决拾既佽[13]，	扳指臂套准备好，
弓矢既调。	弓儿箭儿理协调。
射夫既同，	神射手们齐努力，

助我举柴[14]。　　帮我猎兽兴致高。

四黄既驾，　　驾上四匹大黄马，
两骖不猗[15]。　　两侧骖马配好套。
不失其驰，　　来回驰驱步不乱，
舍矢如破[16]。　　信手一箭猎物倒。

萧萧马鸣，　　马儿鸣叫声萧萧，
悠悠旆旌。　　旌旗横空悠悠飘。
徒御不惊[17]，　　御手步从不惊扰，
大庖不盈[18]。　　厨房野物美佳肴。

之子于征，　　那位大人狩猎到，
有闻无声。　　但闻车声不喧闹。
允矣君子[19]，　　真正是位好君子，
展也大成[20]。　　大功告成猎技妙。

【注释】

[1]攻，修好。

[2]牡，公马。庞庞，强壮。

[3]驾，驾车。言，语助词。徂，去。

[4]田车，猎车。

[5]孔阜，很高大。

[6]甫草，莆田，在河南省开封中牟县西北。草，草场。

[7]之子，那位大人。一说为周宣王。苗，夏季打猎。

[8]选徒，随从。嚣嚣，众多。

[9]旐（zhào照），龟蛇旗。旄（máo毛），饰有旄牛尾的旗帜。

[10]搏，捕捉。敖，河南省开封荥泽县有敖山。

[11]赤芾（fú扶），朱红护裙。金舄（xì细），金头红鞋。
[12]会同，聚汇围猎。一说是诸侯汇合在一处。有绎，络绎不绝。
[13]决，玉制指套。拾，护臂套。佽（cì次），皆备好。
[14]柴，横七竖八堆积的野兽尸体。
[15]两骖（cān参），左右两边驾车的马。不猗，不偏倚。
[16]舍矢，射箭。破，应声而射中。
[17]徒，徒步猎手。御，坐车者。
[18]庖，厨房。不盈，多，丰盛。
[19]允，真是。
[20]展，确实。大成，圆满成功。

吉　日

【导读】

这也是一首描写宣王打猎的诗，规模气势稍逊于《车攻》。

【评介】

“《吉日》，美宣王也。能慎微接下，无不自尽以奉其上焉。”（《毛诗序》）

“此亦宣王之诗。言田猎将用马力，故以吉日祭马祖而祷之。既祭而车牢马健，于是可以历险而从禽也。”（朱熹《诗集传》）

“以燕天子，燕，欢悦也。”（陈子展《诗经直解》）

“这是一首写周王田猎的诗。”（程俊英《诗经译注》）

【原诗】	【译诗】
吉日维戊，	吉日美时是戊辰，
既伯既祷[1]。	祭了马祖祈神恩。
田车既好[2]，	猎车既已准备好，
四牡孔阜。	四匹公马真精神。
升彼大阜[3]，	驱车赶马上土坡，
从其群丑[4]。	追赶禽兽如飞奔。
吉日庚午，	吉日美时是庚午，
既差我马。	我的马儿已选定。
兽之所同，	看那群兽聚一起，
麀鹿麌麌[5]。	来来往往有鹿群。
漆沮之从[6]，	漆沮岸边驱野兽，
天子之所。	赶到周王围猎阵。
瞻彼中原，	瞻望前方大平原，
其祁孔有[7]。	许多禽兽能看清。
儦儦俟俟[8]，	有的走来有的跑，
或群或友。	成群结友并排行。
悉率左右，	率领左右拼命赶，
以燕天子[9]。	好让周王看得清。
既张我弓，	把我强弓拉开弦，
既挟我矢。	把我长箭来瞄准。
发彼小豝[10]，	发箭射死小野猪，
殪此大兕[11]。	接着射中野牛身。
以御宾客，	用此野兽宴宾客，
且以酌醴[12]。	斟上甜酒醉酩酊。

【注释】

[1]伯，祭马祖马神。

[2]田车，猎车。好，整治完毕。

[3]大阜，大坡，高坡。

[4]群丑，兽群。

[5]麀（yōu优），母鹿。麌（yǔ雨）麌，鹿群众多。

[6]漆、沮（jū居），陕西省境内的两条河。从，沿着。

[7]祁，大，原野广阔。孔有，物产丰富，禽兽众多。

[8]儦（biāo标）儦俟俟（sì四），众多野兽来回奔跑。

[9]燕，宴，宴请。

[10]小豝（bā扒），小猪。发，射中。

[11]殪（yì义），射死。大兕（sì四），大野牛。

[12]酌，饮酒。醴（lǐ礼），甜酒。

小雅·鸿雁之什

鸿　雁

【导读】

这首诗写宣王中兴，派遣使臣安抚厉王时期离散的难民，召唤他们回到故土。

【评介】

“《鸿雁》，美宣王也。万民离散，不安其居，而能劳来还定安集之，至于矜寡，无不得其所焉。”（《毛诗序》）

“旧说，周室中衰，万民离散，而宣王能劳来还定安集之，故流民富之而作此诗。”“然今亦未有以见其为宣王之诗。”（朱熹《诗集传》）

“《鸿雁》，自是关于政府救济流民之诗。诗义自明。”（陈子展《诗经直解》）

“这是诅咒徭役的诗。为了统治阶级的需要，这些矜人，甚至包括鳏寡，都不得不‘劬劳于野’。”（余冠英《诗经选译》）

“这是写周王派遣使臣救济难民的诗。”（程俊英《诗经译注》）

【原诗】	【译诗】
鸿雁于飞，	大雁高高飞翔，
肃肃其羽[1]。	羽翼嗖嗖发响。
之子于征，	那人踏上征程，
劬劳于野[2]。	郊野辛劳非常。
爰及矜人[3]，	可怜那些苦人，
哀此鳏寡。	鳏夫寡妇心伤。

鸿雁于飞，	大雁高高飞翔，
集于中泽[4]。	聚集在湖中央。
之子于垣[5]，	那人去到工地，
百堵皆作[6]。	筑起百堵高墙。
虽则劬劳，	他虽辛苦非常，
其究安宅[7]。	自己安身无房。

鸿雁于飞，	大雁高高飞翔，
哀鸣嗷嗷。	嗷嗷悲叫心伤。
维此哲人，	那些明智人们，
谓我劬劳；	说我辛苦非常。
维彼愚人，	那些愚昧之人，
谓我宣骄。	讲我撒娇说谎。

【注释】

[1]鸿雁，大雁。肃肃，嗖嗖，振翅时的声音。

[2]劬（qú渠）劳，辛苦、劳累。

[3]爰（yuán元），发语词。矜（jīn今）人，苦人儿。

[4]泽，大湖。

[5]之子，那人。垣，筑墙。

[6]百堵，筑墙之多；皆作，筑墙不息。

[7]究，终究。安宅，安居。

庭 燎

【导读】

这首诗赞美周宣王勤于政事，天未亮，便开始早朝。

【评介】

“《庭燎》，美宣王也。因以箴之。”（《毛诗序》）

“诸侯将朝，宣王以夜未央知时问夜早晚。美者，美其能自勤以政事。‘因以箴’者，王有鸡人之官，凡国事为期，则告之以时。王不正其官，而问夜早晚。”（《笺》）

“王将起视朝，不安于寝，问夜之早晚。”（朱熹《诗集传》）

“这是写周王早起将要视朝的诗。”（程俊英《诗经译注》）

【原诗】	【译诗】
夜如何其？	夜里是甚辰光？
夜未央[1]，	夜色浓浓未亮，
庭燎之光[2]。	只有火烛闪光。
君子至止，	大人上朝来到，
鸾声将将[3]。	车铃声响叮当。
夜如何其？	夜深是甚辰光？
夜未艾[4]，	夜色濛濛正长，
庭燎晢晢。	只有火烛明亮。
君子至止，	大人上朝来到，
鸾声哕哕[5]。	车铃叮当作响。
夜如何其？	夜长是甚辰光？

夜乡晨[6]，	长夜将近早晨，
庭燎有辉。	烛光庭前闪光。
君子至止，	大人上朝来到，
言观其旂。	旌旗随风飘荡。

【注释】

[1]央，尽头。

[2]庭燎，熇烛、火炬。

[3]鸾声，车铃。将将，叮。

[4]艾，尽。

[5]哕（huì会）哕，铃声。

[6]乡，向，接近。

沔　水

【导读】

这首诗写生逢乱世的哀叹，劝诫朋友警惕谗言。

【评介】

“《沔水》，规宣王也。”（《毛诗序》）

“此忧乱之诗。”（朱熹《诗集传》）

“宣王初政，多乱定归来之诗，后皆美辞，无所谓忧乱也。”（方玉润《诗经原始》）

“这是一首忧乱畏谗而戒友的诗。”（程俊英《诗经译注》）

【原诗】	【译诗】
沔彼流水[1]，	满河流水茫茫，
朝宗于海[2]。	汇集奔向海洋。
鴥彼飞隼[3]，	隼鸟鼓翼疾飞，
载飞载止。	飞飞停停翱翔。
嗟我兄弟，	可叹我的兄弟，
邦人诸友。	还有朋友同乡。
莫肯念乱，	没人肯想祸乱，
谁无父母？	谁无父母高堂？
沔彼流水，	满河流水茫茫，
其流汤汤。	水声哗哗作响。
鴥彼飞隼，	隼鸟鼓翼疾飞，
载飞载扬。	飞飞扬扬翱翔。
念彼不迹[4]，	想起贼子作乱，
载起载行。	起坐不宁步慌。
心之忧矣，	我的心里忧伤，
不可弭忘[5]。	不可把它遗忘。
鴥彼飞隼，	隼鸟鼓翼疾飞，
率彼中陵。	贴着山陵飞翔。
民之讹言，	有人造谣讹诈，
宁莫之惩[6]。	无人澄清大谎。
我友敬矣[7]，	我友必须警惕，
谗言其兴。	提防谗言兴旺。

【注释】

[1]沔（miǎn免），满溢。

[2]朝宗，朝见天子，比喻河流归海。
[3]鴥（yù玉），鸟疾飞。隼（sǔn笋），鹰。
[4]不迹，不守规矩，造谣作乱。
[5]弭（mǐ米）忘，消除、忘记。
[6]宁，为何。惩，制止，惩戒。全句意为：为什么没有人出来澄清、制止？
[7]敬，小心，警惕。

鹤　鸣

【导读】

这首诗写周天子招贤纳士，成语“它山之石，可以攻玉”沿用至今。

【评介】

“《鹤鸣》，诲宣王也。”（《毛诗序》）

“诲，教也。教宣王求贤人之未仕者。”（《笺》）

“此诗之作，不可知其所由，然必陈善纳诲之辞也。”（朱熹《诗集传》

“这是一首通篇用借喻的手法，抒发招致人才为国所用的主张的诗，亦可称为‘招隐诗’。”（程俊英《诗经译注》）

【原诗】	【译诗】
鹤鸣于九皋[1]，	沼泽河湾鹤鸣叫，
声闻于野。	叫声传遍野田郊。
鱼潜在渊，	有的鱼儿潜深水，
或在于渚。	有的鱼儿浅水跳。
乐彼之园，	这处园林真可爱，

爰有树檀，　　　　檀树长得高又高，
其下维萚[2]。　　　树下落叶半枯焦。
它山之石，　　　　它山宝石寻觅到，
可以为错[3]。　　　可以用来把玉雕。

鹤鸣于九皋，　　　沼泽河湾鹤鸣叫，
声闻于天。　　　　叫声飘摇上九霄。
鱼在于渚，　　　　有的鱼儿浅水跳，
或潜在渊。　　　　有的鱼儿深水闹。
乐彼之园，　　　　这处园林真可爱，
爰有树檀，　　　　檀树长得高又高，
其下维榖[4]。　　　树下楮丛随风摇。
它山之石，　　　　它山宝石寻觅到，
可以攻玉。　　　　可以用来把玉雕。

【注释】

[1]皋（gāo高），沼泽。

[2]萚（tuò拓），枯叶。

[3]错，治玉雕玉的工具。

[4]榖（gǔ古），楮树，可用来造纸。

祈　父

【导读】

这首诗写士兵长期服役，颠沛流离，不能供养母亲的痛苦，控诉“祈父”不体恤下情。

【评介】

“《祈父》，刺宣王也。”（《毛诗序》）

“刺其用祈父，不得其人也。官非其人则职废。祈父之职，掌六军之事，有九伐之法。”（《笺》）

“序以为刺宣王之诗。说者又以为宣王三十九年，战于千亩，王师败绩于姜氏之戎，故军士怨而作此诗。”（朱熹《诗集传》）

“此禁旅责司马征调失常之诗。”（方玉润《诗经原始》）

“这是一位王都卫士斥责司马的诗。原来卫士是保卫都城王官，现在让他出征抵抗戎人，所以怨愤而作此诗。”（程俊英《诗经译注》）

【原诗】	【译诗】
祈父[1]！予，	司马你听着：
王之爪牙[2]。	我是国王之爪牙。
胡转予于恤[3]？	为何征战把我抓，
靡所止居。	没有处所安歇下？
祈父！予，	司马你听着：
王之爪士。	我是国王之卫士。
胡转予于恤？	为何派我去御敌，
靡所厎止[4]。	没有余暇可休息？
祈父！	司马你听着：
亶不聪[5]。	不要摆出聋哑样。
胡转予于恤？	为何派我上战场，
有母之尸饔[6]。	高堂老母难供养？

【注释】

[1]祁父，司马，都城警卫官。

[2]爪牙，武士。

[3]转，调动。恤，忧困之战地。

[4]靡所，无可，没有处所，没有余地。厎（zhǐ只），作主。止，休息。

[5]亶（dǎn胆），确实，不聪，不明智，听不清。

[6]尸饔（yōng拥），尸同失，饔指饭菜。指难于供养老母。

白　驹

【导读】

这首诗写别友思贤，或女子怀人。

【评介】

“《白驹》，大夫刺宣王也。”（《毛诗序》）

“刺其不能留贤也。”（《笺》）

“为此诗者以贤者之去而不可留也，故托以其所乘之驹”（朱熹《诗集传》）

“鲁说曰：‘《白驹》者，失朋友之所作也。其友贤而居任也，衰乱之世，君无道，不可匡辅，依违成风，谏不见受。国士咏而思之，援秦而长歌。’”（[清]王先谦《诗三家义集疏》）

“这是一首别友思贤的诗。”（程俊英《诗经译注》）

【原诗】	【译诗】
皎皎白驹，	白白嫩嫩小马，
食我场苗。	吃我场中豆苗。
絷之维之[1]，	轻轻把它拴系，
以永今朝。	借以延长今朝。

所谓伊人，	那位可爱人儿，
于焉逍遥[2]。	今日在此逍遥。
皎皎白驹，	白白嫩嫩马驹，
食我场藿[3]。	吃我园中豆叶。
絷之维之，	轻轻把它拴系，
以永今夕。	借以延长晚夕。
所谓伊人，	那位可爱人儿，
于焉嘉客。	今夜在此客居。
皎皎白驹，	白白嫩嫩马儿，
贲然来思[4]。	飘然降临此地。
尔公尔侯，	你这公侯王室，
逸豫无期。	安逸欢乐无比。
慎尔优游[5]，	留恋欢悦游历，
勉尔遁思[6]。	不要想到离去。
皎皎白驹，	白白嫩嫩马儿，
在彼空谷。	在那山谷小跑。
生刍一束，	割来一捆青草，
其人如玉。	那人如玉清高。
毋金玉尔音[7]，	此后音讯常捎，
而有遐心。	不要疏远故交。

【注释】

[1]絷（zhí直），系，拴住。维，系。

[2]于焉，在此。

[3]藿（huò货），豆叶。

[4]贲（bēn奔）然，疾驰。
[5]慎，谨慎，珍惜。优游，悠然享乐。
[6]勉，抑止。遁，走开。
[7]金玉，动词用法，指吝惜。音，音书、音讯。

黄　鸟

【导读】

这首诗写流离之人的思归之情。

【评介】

“《黄鸟》，刺宣王也。”（《毛诗序》）

“刺其以阴礼教亲而不至，联兄弟之不固。”（《笺》）

“民适异国，不得其所，故作此诗。”（朱熹《诗集传》）

“齐说曰：‘黄鸟来集，既嫁不答。念我父母，思复邦国。’”（[清]王先谦《诗三家义集疏》）

“离乡背井的人在异国遭受剥削和欺凌，更增加对邦族的怀念。”（余冠英《诗经选译》）

“这是一个流亡到周都镐京的人思归的诗。”（程俊英《诗经译注》）

【原诗】	【译诗】
黄鸟黄鸟，	叫声黄鸟黄鸟，
无集于榖，	不要聚在榖树，
无啄我粟。	不要啄我米粟。
此邦之人，	此邦该地人们，

不我肯穀[1]。　　不肯把我照顾。
言旋言归，　　赶快收拾归去，
复我邦族。　　回归本土家族。

黄鸟黄鸟，　　叫声黄鸟黄鸟，
无集于桑，　　不要聚在桑树，
无啄我粱。　　不要啄我粱谷。
此邦之人，　　此邦该地人们，
不可与明[2]。　　盟誓都不算数。
言旋言归，　　赶快收拾归去，
复我诸兄。　　故土兄弟照顾。

黄鸟黄鸟，　　叫声黄鸟黄鸟，
无集于栩[3]，　　不要聚在栩树，
无啄我黍。　　不要啄我禾黍。
此邦之人，　　此邦该地人们，
不可与处。　　不可与之相处。
言旋言归，　　赶快收拾归去，
复我诸父[4]。　　家乡父老看顾。

【注释】

[1]穀（gǔ谷），善待。

[2]明，盟，信任。

[3]栩（xǔ许），又名栎树。

[4]复，回复，看顾。诸父，同姓长辈。

我行其野

【导读】

这是一首弃妇诗，控诉丈夫喜新厌旧、背信弃义。

【评介】

“《我行其野》，刺宣王也。”（《毛诗序》）

“刺其不正嫁娶之数，而又荒政，多淫昏之俗。”（《笺》）

“民适异国，依其昏姻而不见收恤，故作此诗。”（朱熹《诗集传》）

“齐说曰：‘黄鸟采蓄，既嫁不答。念我父兄，思复邦国。’”（[清]王先谦《诗三家义集疏》）

“这是一首弃妇诗。”（程俊英《诗经译注》）

【原诗】	【译诗】
我行其野，	我在原野独行，
蔽芾其樗[1]。	臭椿布满浓荫。
婚姻之故，	因为成就婚姻，
言就尔居[2]。	与你同房共枕。
尔不我畜[3]，	你不爱我疼我，
复我邦家。	我回娘家做人。
我行其野，	我在原野独行，
言采其蓫[4]。	采那蓫菜青青。
婚姻之故，	因为成婚缘故，
言就尔宿。	与你同床共眠。
尔不我畜，	你不爱我怜我，

言归斯复。　　　　我回娘家养命。

我行其野，　　　　我在原野独行，
言采其葍[5]。　　　采集葍草盈盈。
不思旧姻，　　　　你不珍惜婚姻，
求尔新特[6]。　　　只把新妇奉承。
成不以富[7]，　　　你非嫌贫爱富，
亦只以异[8]。　　　只因厌故喜新。

【注释】

[1]蔽芾（fèi费），繁盛。樗（chū初），臭椿。

[2]言，发语词。就，跟随。尔，你。居，同居。

[3]畜，喜爱，爱护。

[4]蓫（zhú逐），羊蹄菜。

[5]葍（fú服），蔓草，根可食用。

[6]新特，新配偶。

[7]成，诚，确实，以，因为。

[8]异，喜新厌旧。

斯干

【导读】

这是一首庆祝贵族宫室修建完成的诗。前五章描述宫室的修建过程及其奢华；后四章祝福宫室的主人多子多福。

【评介】

“《斯干》，宣王考室也。”（《毛诗序》）

“考，成也。德行国富，人民殷众而皆佼好，骨肉和亲。宣王于是筑宫庙，群寝既成而之，歌《斯干》之诗以落之，此之谓成室。宗庙成，则又祭先祖。”（《笺》）

“此筑室既成，而燕饮以落之，因歌其事。”“旧说：厉王既流于彘，宫室圮坏，故宣王即位，更作宫室，既成而落之。”（朱熹《诗集传》）

“鲁说曰：‘周德既衰而奢侈，宣王贤而中兴，更为俭宫室，小寝庙。诗人美之，《斯干》之诗是也。’”（[清]王先谦《诗三家义集疏》）

“这是周王建筑宫室落成时的祝颂歌辞。第一章总述地势，祝家族和乐。第二章言筑室始终，祝嗣续妣祖。第三章描写宫室的坚固和严密。第四章描写屋宇的美盛。第五章描写堂室的宽明。第六章祝主人安寝并得吉梦。第七章假设占梦之辞。第八章祝生贵男。第九章祝生贤女。”（余冠英《诗经选译》）

“这是歌颂周王宫室落成的诗。”（程俊英《诗经译注》）

【原诗】	【译诗】
秩秩斯干[1]，	溪涧流水清清，
幽幽南山。	南山幽幽深深。
如竹苞矣[2]，	竹林密密层层，
如松茂矣。	松树郁郁青青。
兄及弟矣，	哥哥伴着弟弟，
式相好矣，	相好相爱相亲，
无相犹矣[3]。	不要互相欺凌。
似续妣祖[4]，	承继祖先愿景，

筑室百堵，　　百间宫室筑成，
西南其户[5]。　　西南方向大门。
爰居爰处[6]，　　大家同住相处，
爰笑爰语。　　笑声语声不停。

约之阁阁[7]，　　木板捆扎成框，
椓之橐橐[8]。　　夯土“哒哒”连声。
风雨攸除，　　能把风雨遮摒，
鸟鼠攸去，　　鸟儿老鼠逃奔，
君子攸芋[9]。　　好人安居心宁。

如跂斯翼[10]，　　如人踮脚舒臂，
如矢斯棘[11]，　　方正有若箭行，
如鸟斯革[12]，　　好似鸟飞临空，
如翚斯飞[13]，　　好似锦鸡翱翔，
君子攸跻[14]。　　人们登堂开心。

殖殖其庭[15]，　　前庭平平正正，
有觉其楹。　　楹柱高高挺挺。
哙哙其正[16]，　　正屋宽阔光明，
哕哕其冥[17]，　　内室幽深宁静，
君子攸宁。　　居此心儿安定。

下莞上簟[18]，　　蒲席竹席层层，
乃安斯寝。　　躺卧上面安寝。
乃寝乃兴，　　睡够之后人醒，
乃占我梦。　　便来占卜梦境。
吉梦维何？　　一切好梦何因？

维熊维罴，	梦见熊罴吉兆，
维虺维蛇[19]。	有虺有蛇好运。
大人占之：	太卜占梦讲因：
维熊维罴，	要说有熊有罴，
男子之祥；	那是生男祥征；
维虺维蛇，	要说有虺有蛇，
女子之祥。	那是生女好音。
乃生男子，	果然生下男婴，
载寝之床。	将他床上安寝。
载衣之裳，	穿好小衣小裳，
载弄之璋[20]。	送他玉璋晶莹。
其泣喤喤[21]，	男婴哭声振振，
朱芾斯皇[22]，	红兜肚儿齐整，
室家君王。	定是君王之身。
乃生女子，	果然生下女婴，
载寝之地。	将她地板安寝。
载衣之裼[23]，	襁褓包在她身，
载弄之瓦[24]。	纺线瓦锤圆润。
无非无仪[25]，	顺从莫惹是非，
唯酒食是议，	只管饭酒经营，
无父母诒罹[26]。	别让父母担心。

【注释】

[1]秩秩，流水清彻。斯，那。干，山涧。

[2]苞，丛生。

[3]犹，欺诈。

[4]续，继承。妣（bǐ比），故去的母亲。祖，先祖。

[5]户，大门。

[6]爰（yuán元），于是。

[7]约，捆扎。阁阁，捆扎木框时的声音。

[8]椓（zhuó浊），捶打。橐（tuó驼），夯土的声音。

[9]有芋，有宇，有居所。

[10]跂（qǐ起），踮起脚尖。翼，张开手臂。

[11]矢，射箭。棘（jí急），疾快。射箭快，线条便笔直方正。

[12]革，展翅。

[13]翚（huī辉），野鸡。

[14]跻，升，登，走上。

[15]殖殖，平正。

[16]哙（kuài快），明快，明亮、宽敞。正，正寝室。

[17]哕（huì会）哕，深广幽暗。冥，深不可测。

[18]莞（guān官），草席。簟（diàn店），竹席。

[19]虺（huǐ毁），蛇类。

[20]弄，玩耍。璋，玉器。

[21]喤喤（huáng皇），声声宏亮惊人。

[22]朱芾（fú扶），红护裙。皇，辉煌。

[23]裼（tì替），褓，小孩的包被。

[24]瓦，陶制纺锤。

[25]无非，听话。仪，议论。

[26]诒（yí移），招惹。罹（lí离），忧伤。

无　羊

【导读】

这是一首田园牧歌，描写牧人放牧时牛羊成群的盛景，最后一章写牧人做了丰收添丁的吉祥之梦，充满对美好生活的赞美和憧憬。

【评介】

“《无羊》，宣王考牧也。”（《毛诗序》）

“厉王之时，牧人之职废，宣王始兴而复兴之，至此而成，谓复先王牛羊之数。”（《笺》）

“此诗言牧事有成，而牛羊众多也。”（朱熹《诗集传》）

“这是歌咏牛羊蕃盛的诗。前三章，尤其是第二章，描写牧场上的人畜动态，是本诗最生动的部分。”（余冠英《诗经选译》）

“这是一首写奴隶主贵族畜牧生产情况的诗。”（程俊英《诗经译注》）

【原诗】	【译诗】
谁谓尔无羊？	谁说你家没羊？
三百维群。	群羊三百多头。
谁谓尔无牛？	谁说你家没牛？
九十其犉[1]。	黄牛九十余头。
尔羊来思，	你家羊群归来，
其角濈濈[2]。	犄角交缠不休。
尔牛来思，	你家牛群归来，
其耳湿湿[3]。	摇耳慢慢悠悠。
或降于阿[4]，	有的牛羊下坡，

或饮于池，　　有的饮水湖泊，
或寝或讹[5]。　　或跑或跳或卧。
尔牧来思，　　你家牧人归来，
何蓑何笠[6]，　　蓑衣斗笠披着，
或负其糇[7]。　　干粮肩上背着。
三十维物，　　牛羊毛色丰酡，
尔牲则具。　　你家祭牲真多。

尔牧来思，　　你家牧人归来，
以薪以蒸，　　备好饲料薪柴，
以雌以雄。　　雌雄牛儿欢爱。
尔羊来思，　　你家羊群归来，
矜矜兢兢，　　小心翼翼成排，
不骞不崩[8]。　　不从群体跑开。
麾之以肱[9]，　　牧人举臂一呼，
毕来既升[10]。　　羊群不留圈外。

牧人乃梦，　　牧人做起好梦，
众维鱼矣[11]，　　鱼儿变自蝗虫，
旐维旟矣[12]。　　鹰旗出自龟蛇。
大人占之：　　大人先生占梦：
众维鱼矣，　　“鱼儿变自蝗虫，
实维丰年。　　实乃岁吉年丰。
旐维旟矣，　　鹰旗出自龟蛇，
室家溱溱[13]。　　全家热闹哄哄。”

【注释】

[1]犉（rún润第二声），黑唇的黄牛。

[2]濈（jí急）濈，众多相聚。

[3]湿湿，牛反刍时耳朵动弹状。

[4]阿，山坡。

[5]讹（é鹅），动。

[6]何，荷。穿戴着。

[7]糇（hóu侯），干粮。

[8]骞（qiān千），亏损，缺少。崩，崩溃，散失。

[9]麾（huī灰），挥手。肱（gōng工），臂膀。

[10]毕，尽皆，都。升，进入圈内。

[11]众，蝗虫。维，蜕变。

[12]旐（zhào兆），龟蛇旗。旟（yú于），鹰旗。

[13]溱（zhēn真）溱，蓁蓁，茂盛，兴旺。

小雅·节南山之什

节南山

【导读】

这首诗讽刺太师尹祸国殃民，也讽刺了周幽王的昏庸和残暴。言辞锋利，气势逼人。

【评介】

“《节南山》，家父刺幽王也。”（《毛诗序》）

“家父，字，周大夫也。”（《笺》）

“此诗家父所作，刺王用尹氏以致乱。”（朱熹《诗集传》）

“齐说曰：‘周室之衰，其卿大夫缓于谊而急于利，亡退让之风而有争田之讼，故诗人疾而刺之’”（[清]王先谦《诗三家义集疏》）

“《节南山》，大夫家父刺幽王、任用师尹，听政不平之作。”（陈子展《诗经直解》）

“这是讽刺太师尹氏的诗。”（程俊英《诗经译注》）

【原诗】	【译诗】
节彼南山[1]，	陡峭嵯峨终南山，
维石岩岩[2]。	悬崖陡壁怪石险。
赫赫师尹[3]，	威威赫赫尹太师，
民具尔瞻。	人们仰头把他瞻。
忧心如惔[4]，	忧心如焚真着急，
不敢戏谈。	不敢议论与戏谈。
国既卒斩[5]，	国家血脉快斩断，
何用不监[6]！	为何太师不长眼？

节彼南山，　　陡峭嵯峨终南山，
有实其猗[7]。　　山坡脊背宽又宽。
赫赫师尹，　　威威赫赫尹太师，
不平谓何！　　办事不公复何言？
天方荐瘥[8]，　　老天正在降灾情，
丧乱弘多。　　死亡动乱人祸繁。
民言无嘉，　　民怨四起诅咒多，
憯莫惩嗟[9]！　　太师犹自不检点。

尹氏大师，　　尹氏太师听我言，
维周之氐。　　周朝梁柱你为先。
秉国之均，　　执掌国政有大权，
四方是维[10]，　　天下四方你维系，
天子是毗[11]，　　君王靠你当膀肩，
俾民不迷。　　致使百姓不迷乱。
不吊昊天[12]！　　骂声苍天不良贤，
不宜空我师[13]。　　太师无能如虚衔。

弗躬弗亲，　　事不躬亲不经手，
庶民弗信。　　人民不信话儿甜。
弗问弗仕[14]，　　不闻不问不提拔，
勿罔君子。　　好人都被你欺骗。
式夷式已[15]，　　审查驱逐无能者，
无小人殆[16]。　　莫让小人起后患。
琐琐姻亚[17]，　　猥猥琐琐你姻亲，
则无朊仕[18]。　　别把高位让他贪。

昊天不佣[19]，　　叫声老天难公干，

降此鞠讻[20]。	竟把灾祸降人间。
昊天不惠，	叫声老天不仁惠，
降此大戾[21]。	竟把大害撒人寰。
君子如届[22]，	好人如若能掌权，
俾民心阕[23]。	可使百姓少愤怨。
君子如夷[24]，	好官如果驱逐掉，
恶怒是违。	恶语怒骂违抗添。
不吊昊天，	老天真是不长眼，
乱靡有定。	时时刻刻来添乱。
式月斯生，	苍生折损伤膀肩，
俾民不宁。	民生不宁多忧患。
忧心如酲[25]，	心中忧愁如醉酒，
谁秉国成[26]？	谁在国中掌大权？
不自为政，	不肯好自理政事，
卒劳百姓。	百姓辛劳苦难言。
驾彼四牡，	驾着四匹大公马，
四牡项领。	马儿粗颈又肥肩。
我瞻四方，	我朝四方来瞻望，
蹙蹙靡所骋[27]。	宇宙狭窄驰骋难。
方茂尔恶[28]，	你等作恶实多端，
相尔矛矣。	手执枪矛恶气焰。
既夷既怿[29]，	做了坏事才开心，
如相酬矣！	相互敬酒应酬欢。
昊天不平，	叫声老天难公摊，

我王不宁。	我国君王安宁难。
不惩其心，	不肯自家来反省，
覆怨其正。	反把公正谏议怨。
家父作诵，	我家父亲唱诗歌，
以究王讻[30]。	探究王朝生祸乱。
式讹尔心[31]，	只盼君王心意转，
以畜万邦[32]。	统治万国保平安。

【注释】

[1]节，高峻。南山，终南山。

[2]岩岩，山石堆积状。

[3]赫赫，威威赫赫。师尹，尹吉甫的子孙们世袭官职，这里的尹氏太师便是其中之一。

[4]惔（tán谈），忧心如焚。

[5]卒，完全。斩，断送。

[6]监，监察。

[7]有实，广大。猗，山坡。

[8]荐，重。瘥（cuó矬），病。

[9]憯（cǎn惨），曾。惩，戒劝，劝阻。嗟，语气词。

[10]维，维系，掌管。

[11]毗（pí皮），辅佐。

[12]不吊，不良。昊（hào浩）天，苍天。

[13]空，使贫困。师，百姓。

[14]问，理会下情。仕，委任、选拔官员。

[15]夷，平。止，废除。

[16]殆（dài带），危难。

[17]琐琐，卑微。姻亚，亲戚。

[18]朊（wǔ五），厚。朊仕，肥缺。

[19]佣，公正。

[20]鞠（jū居），极。讻（xiōng凶），凶。鞠讻，大祸。

[21]戾，恶。

[22]届，至，到任。

[23]阕（què确），平息。

[24]夷，平，赶开。

[25]酲（chéng成）醉酒。

[26]秉，把握。国成，国政，日常政务。

[27]蹙（cù促）蹙，狭窄、局促。骋，驰骋，奔驰。

[28]茂，盛。尔，尹太师。全句谓尹太师正在作恶。

[29]四夷，夷平，扫除，做坏事。怿（yì义），开心、高兴。

[30]王讻，王朝凶祸。究，探究。

[31]讹，感化。尔，君王。天下。

[32]畜，爱护、养育。万邦，万国。

正　月

【导读】

这首诗控诉周幽王昏庸无道，使国家衰败。

【评介】

"《正月》，大夫刺幽王也。"（《毛诗序》）

"此诗亦大夫所作。"（朱熹《诗集传》）

"此必天下大乱，镐京亦亡在旦夕，其君若臣尚纵饮宣淫，不知忧惧，所谓燕雀处堂自以为了，一朝突（烟囱）决栋焚，而怡然不知祸

之将及也。故诗人愤极而为是诗，亦欲救之无可救药时矣。”（方玉润《诗经原始》）

“这是一位失意官吏忧国忧民、愤世疾邪的诗，大约产生于西周末年幽王时期。”（程俊英《诗经译注》）

【原诗】	【译诗】
正月繁霜，	六月竟降繁霜，
我心忧伤；	我心无比忧伤。
民之讹言[1]，	人们捏弄流言，
亦孔之将[2]。	造谣真是夸张。
念我独兮，	念我何等孤独，
忧心京京[3]。	忧心多么惆怅。
哀我小心，	怜我小心谨慎，
癙忧以痒[4]。	愁闷生病一场。
父母生我，	生我者乃爹娘，
胡俾我瘉[5]？	为何使我病长？
不自我先，	不在生我之前，
不自我后。	不在我生后方。
好言自口，	好话是从口出，
莠言自口，	恶语是人所讲。
忧心愈愈[6]，	忧心伴随惆怅，
是以有侮。	侮辱降临头上。
忧心茕茕[7]，	忧愁相伴孤独，
念我无禄。	想我无福无禄。
民之无辜，	百姓无罪无辜，
并其臣仆。	沦为下人仆奴。

哀我人斯，　　可怜我等百姓，
于何从禄？　　何处得福得禄？
瞻乌爰止[8]，　　仰看乌鸦下落，
于谁之屋？　　栖落哪家华屋？

瞻彼中林，　　遥望森林之中，
侯薪侯蒸[9]。　　柴草成丛结篷。
民今方殆[10]，　　百姓正遭灾难，
视天梦梦[11]。　　老天昏愦若梦。
既克有定[12]，　　你既主宰天下，
靡人弗胜。　　无人能胜天公。
有皇上帝，　　动问天上皇帝，
伊谁云憎！　　憎恨哪一坏种？

谓山盖卑，　　谁说山势不高？
为冈为陵。　　冈原陵坡凌空。
民之讹言，　　人们捏弄流言，
宁莫之惩！　　怎么惩劝行动？
召彼故老，　　请来故老长者，
讯之占梦，　　要求解释夜梦。
具曰予圣。　　都说“我是圣人”，
谁知乌之雌雄。　　谁知乌鸦雌雄？

谓天盖高，　　君谓老天太高？
不敢不局[13]；　　走路不敢弯腰。
谓地盖厚，　　君谓大地太厚？
不敢不蹐[14]。　　走路不敢迈脚。
维号斯言，　　胸中愤懑呼号，

有伦有脊[15]。　　实有道理彰昭。
哀今之人，　　可哀可叹世人，
胡为虺蜴[16]！　　为何做蛇乱咬？

瞻彼阪田，　　仰望层层梯田，
有菀其特[17]。　　茁壮禾苗一片。
天之抓我[18]，　　老天摇晃本人，
如不我克。　　唯恐胜我不先。
彼求我则，　　当初官府要我，
如不我得；　　像怕失去圣贤。
执我仇仇[19]，　　我去又被怠慢，
亦不我力。　　不让执掌实权。

心之忧矣，　　满心忧伤没法，
如或结之[20]。　　好似结着疙瘩。
今兹之正[21]，　　如今朝庭政事，
胡然厉矣[22]！　　暴虐严厉可怕。
燎之方扬[23]，　　野火焚烧盛大，
宁或灭之。　　谁能扑灭于它？
赫赫宗周，　　镐京威威赫赫，
褒姒灭之[24]。　　褒姒媚笑灭它。

终其永怀，　　心中长久忧伤，
又窘阴雨。　　又被阴雨阻挡。
其车既载，　　车子既已载满，
乃弃尔辅[25]。　　却把厢板抽光。
载输尔载[26]，　　货物落地乱滚，
将伯助予[27]。　　才叫“兄弟帮忙”！

无弃尔辅，	不要抽掉厢板，
员于尔辐[28]，	再把轮辐加固。
屡顾尔仆，	经常看紧车夫，
不输尔载。	莫把货物不顾。
终逾绝险，	最终经过险道，
曾是不意！	岂是随意闯出？
鱼在于沼，	鱼在水池游动，
亦匪克乐；	并非乐在其中。
潜虽伏矣，	虽然潜伏水底，
亦孔之照[29]。	仍是引人蜂拥。
忧心惨惨，	我实忧心忡忡，
念国之为虐。	朝政暴虐不公。
彼有旨酒，	他有甜美好酒，
又有嘉肴；	又有好菜供奉。
洽比其邻[30]，	左邻右舍融洽，
婚姻孔云[31]。	亲朋好友聚逢。
念我独兮，	想我孤独无依，
忧心殷殷。	忧愁直涌心中。
佌佌彼有屋[32]，	小人有屋居住，
蔌蔌方有谷[33]。	粗人享有五谷。
民今之无禄，	最是百姓无福，
天夭是椓[34]。	老天把人命戮。
哿矣富人[35]，	富人成欢作乐，
哀此茕独[36]！	穷人孤独凄楚。

【注释】

[1]讹言，谣言，不实之辞。

[2]孔将，很大，很广泛。

[3]京京，忧愁重重。

[4]瘋（shǔ鼠），忧愁苦闷。痒（yáng羊），病。

[5]胡，为何。俾，使。愈，病痛。

[6]愈愈，忧愁不断状。

[7]茕（qióng穷）茕，忧伤孤独。

[8]瞻，望。止，歇落。

[9]薪、蒸为大小树枝，不是大树良材。比喻小人当道。

[10]殆，危难。

[11]梦梦，昏暗不明。

[12]克，能。定，定准，决定。

[13]局，局促，弯曲。

[14]蹐（jí急），蹑手蹑脚地走路。

[15]伦脊，道理。

[16]虺（huǐ毁），毒蛇。蜴（yǐ以），四脚蛇。

[17]菀（wǎn晚），茂盛。特，茁壮。

[18]扤（wù务），摧折，折磨。

[19]执，对待。仇仇，怠慢。

[20]结，愁结难解。

[21]正，政务。

[22]厉，暴虐。

[23]燎，野火。方扬，正在旺盛之际。

[24]褒姒，周幽王之爱妃。常以烽火戏弄诸侯。后犬戎侵犯而诸侯不至，幽王遂被杀死。

[25]辅，车之拦板，厢板。

[26]输，掉落。载，货物。

[27]将伯，请兄长。

[28]员，加固。

[29]孔照，很昭明，看得很清楚。

[30]洽比，融洽友好。

[31]婚姻，亲戚。云往来。

[32]佌（cǐ此）佌，细微，卑微，指小官。

[33]蔌（sù速）蔌，鄙陋、粗放，亦指小吏。

[34]天夭，天灾。椓（zhuó酌），打击，加害。

[35]哿（gě舸），快乐。

[36]茕独，孤独无依。

十月之交

【导读】

这首诗控诉周幽王的荒淫无道，宠幸褒姒和佞臣，国家天灾人祸不断，民不聊生。诗人忧虑国家的前途和命运，哀叹自己生逢乱世，作此诗以泄心中之怨愤。

【评介】

“《十月之交》，大夫刺幽王也。”（《毛诗序》）

“当为刺厉王也，作《诂训传》时移其篇第，因改之耳。”（郑《笺》）

“若国无政，不用善，使臣子背君父，妾妇乘其夫，小人陵君子，夷狄侵中国，则阴盛阳微，当食必食，虽曰行有常度，而实为非常之变矣。”（朱熹《诗集传》）

“这一首诗讽刺幽王无道，以致灾异频生，人民受难，并慨叹自己无辜遭到迫害。”（程俊英《诗经译注》）

【原诗】	【译诗】
十月之交[1]，	十月日月遭逢到，
朔月辛卯[2]。	在那初一辛卯早。
日有食之，	日头却被天狗食，
亦孔之丑。	真是丑观现凶兆。
彼月而微[3]，	瞧那月亮真暗淡，
此日而微。	看这太阳光辉少。
今此下民，	如今天下众百姓，
亦孔之哀。	多么哀伤在祈祷。
日月告凶，	天上日月显凶兆，
不用其行[4]。	没有依循其轨道。
四国无政，	四国八方亦无道，
不用其良。	贤良人才俱不要。
彼月而食，	说起天月被吞掉，
则维其常。	平素也曾有见到。
此日而食，	这次不幸逢日食，
于何不臧[5]！	天象真是太糟糕！
烨烨震电[6]，	烨烨雷震电又闪，
不宁不令。	不得安宁势不善。
百川沸腾，	百道江河齐沸腾，
山冢崒崩[7]。	万仞山峰裂几瓣。
高岸为谷，	高坡忽然变山谷，
深谷为陵。	山谷变成丘陵宽。
哀今之人，	可叹如今当权者，
胡憯莫惩[8]！	何曾恐怖生忧患？

皇父卿士，	皇父出任御卿士，
番维司徒[9]，	番伯当上司徒官，
家伯维宰[10]，	家伯冢宰掌典册，
仲允膳夫，	仲允御厨管用膳，
棸子内史[11]，	棸子成了宫内史，
蹶维趣马[12]，	蹶氏提拔御马监，
楀维师氏[13]，	楀氏监察为左师，
艳妻煽方处[14]。	都与宠妃常相伴。
抑此皇父[15]，	叫声皇父我不服，
岂曰不时？	我岂还不起控诉？
胡为我作，	为何命我服苦役，
不即我谋？	不由分说无招呼。
彻我墙屋[16]，	撤毁我家院墙屋，
田卒污莱[17]，	蒿莱满田淤泥污，
曰：予不戕，	还说："不是我害你，
礼则然矣。	依法办事退路无。"
皇父孔圣[18]，	皇父圣明鉴万物，
作都于向[19]。	建都向邑费功夫。
择三有事[20]，	选中三官掌其事，
亶侯多藏[21]。	人人贪赃敛钱富。
不慭遗一老[22]，	不愿留下一老夫，
俾守我王。	让他把王来看顾。
择有车马，	选择车马连成队，
以居徂向[23]。	动迁向邑上路途。
黾勉从事，	尽力从事服役劳，

不敢告劳。	从来不敢道辛劳。
无罪无辜，	无罪无辜无过犯，
谗口嚣嚣。	无端生事谗言嚣。
民之孽，	平民百姓遭灾难，
匪降自天。	不是老天降恶报。
噂沓背憎[24]，	人前欢颜背后恨，
职竞由人[25]。	都是恶人把鬼捣。
悠悠我里，	悠悠远远我故乡，
亦孔之痗[26]。	思念老家欲断肠。
四方有羡[27]，	看看四方人儿笑，
我独居忧。	我独一人好悲伤。
民莫不逸，	人家安逸在休息，
我独不敢休。	我却不敢歇在床。
天命不彻[28]，	上天之命难预想，
我不敢效，我友自逸[29]。	岂敢学人去逍遥。

【注释】

[1]十月，周历十月，夏历八月。交，日月交会引起日食。

[2]朔日，初一。

[3]微，昏暗幽微。

[4]行（háng航），轨道。

[5]于何不臧，吁嗟乎多么不吉利！

[6]烨（yè夜）烨，闪光状。震，打雷。

[7]山冢（zhǒng肿），山顶。崒（cuì翠），破碎。

[8]憯（cǎn惨），曾经。惩，劝惩，戒劝。

[9]番，樊氏。司徒，掌管人口土地。

[10]家伯，人名。宰，冢宰，掌管典籍。

[11]聚（zōu邹）子，聚先生。内史，管人事。
[12]蹶（guì贵），姓。趣（cù促）马，马官。
[13]楀（jǔ举），姓，师氏，监察官。
[14]艳妻，褒姒之类的宠妃。煽，炽烈。方处，正得宠在位。
[15]抑，噫！
[16]彻，撤除。
[17]卒，全部。污，污秽。莱，野草丛生。
[18]孔圣，很高明，圣明。
[19]向，向邑，在今河南孟县西北，济源县南面。
[20]三有事，三有司：司徒，司马，司空。
[21]亶（dǎn胆），确实。多藏，多财。
[22]憖（yìn印），愿意。遗，遗漏。
[23]居，语助词。徂，往，去。
[24]噂（zǔn尊第三声）沓，议论纷纷。背憎，背后相憎恨。
[25]职竞，以相争为主，为其“职业”。
[26]痗（mèi妹），病。
[27]羡，欣喜。
[28]不彻，难知，莫彻。
[29]自逸，自寻安逸。

雨无正

【导读】

这又是一首控诉周幽王的诗，诗人当是一位耿直的大臣。因为周幽王的荒淫残暴，国家四分五裂，岌岌可危。诗人想挽救国家于水火之中，却已无力回天，愤而作此诗。

【评介】

“《雨无正》，大夫刺幽王也。雨自上下者也，众多如雨，而非所以为政也。”（《毛诗序》）

“亦当为刺厉王。王之所下教令甚多而无正业。”（《笺》）

“此时饥馑之后，群臣离散，其不去者，作诗以责去者。”（朱熹《诗集传》）

“《雨无正》，大夫刺幽王昏暴，并刺同僚诸臣自私误国之诗。”（陈子展《诗经直解》）

“这是一位侍御官讽刺幽王昏庸、群臣误国的诗。”（程俊英《诗经译注》）

【原诗】	【译诗】
浩浩昊天，	茫茫苍天不可测，
不骏其德[1]。	岂能长久施恩德？
降丧饥馑，	降下饥馑与死亡，
斩伐四国[2]。	戕害四方造下孽。
旻天疾威[3]，	苍天暴虐又疯狂，
弗虑弗图。	不加考虑无计策。
舍彼有罪，	有罪之人你不管，
既伏其辜[4]。	将其恶行来瞒遮。
若此无罪，	无罪之人你不放，
沦胥以铺[5]。	接连遭殃被消灭。
周宗既灭[6]，	首都倘若被占领，
靡所止戾[7]。	没有地方可立身。
正大夫离居[8]，	高位臣僚皆潜逃，
莫知我勚[9]。	无人知我多苦辛。
三事大夫[10]，	三司大夫位虽高，

莫肯夙夜。　　不肯早晚来尽心。
邦君诸侯，　　各国诸侯权虽大，
莫肯朝夕。　　谁肯朝夕问候勤？
庶曰式臧[11]，　　都劝周王用能人，
覆出为恶。　　哪知新官遍恶行。

如何昊天，　　老天你看这怎成？
辟言不信？　　忠正之言王不信。
如彼行迈，　　就像行者走远路，
则靡所臻[12]。　　没有目标无止境。
凡百君子，　　高官厚禄众大人，
各敬尔身。　　俱各明哲保自身。
胡不相畏？　　为何彼此不惧怕，
不畏于天！　　为何不怕老天惩？

戎成不退，　　敌人至今未退兵，
饥成不遂[13]。　　饥肠饿肚不遂心。
曾我𫅭御[14]，　　我等御前小侍臣，
憯憯日瘁[15]。　　忧虑憔悴急死人。
凡百君子，　　高官厚禄众君子，
莫肯用讯[16]。　　谁肯谏劝来较真？
听言则答，　　好听之言王回答，
谮言则退[17]。　　指责之语王不听。

哀哉不能言！　　可叹有口不能讲，
匪舌是出[18]，　　不是舌头长了疮，
维躬是瘁[19]。　　只怕身躯遭毁伤。
哿矣能言[20]，　　能说会道便吃香，

巧言如流，	花言巧语若水淌，
俾躬处休[21]。	身居高官福禄长。

维曰于仕[22]，	要说我去图仕进，
孔棘且殆[23]。	荆棘丛生怕伤身。
云不可使[24]，	欲劝此事不可行，
得罪于天子。	得罪天子万不能。
亦云可使，	欲劝此事可以做，
怨及朋友。	朋友骂我黑良心。

谓尔迁于王都，	劝你迁回京都去，
曰：予未有室家。	你答那儿没家室。
鼠思泣血[25]，	暗里愁思哭出血，
无言不疾[26]。	无语不遭旁人忌。
昔尔出居[27]，	从前你到行宫去，
谁从作尔室！	是谁随你建宫室？

【注释】

[1]骏，持久、恒长。

[2]斩伐，加害。四国，四方。

[3]旻（mín民）天，应为苍天。疾威，疯狂、施暴。

[4]伏，隐伏。辜，罪过。

[5]沦，陷落。胥，接连。铺，苦痛。

[6]周宗，宗周，镐京。

[7]止，居所。戾，安身。

[8]正大夫，上大夫。离居，离开镐京故居。

[9]勚（yì义），劳乏。

[10]三事，三司：司徒、司空、司马。

[11]庶，希望。臧，善，好。

[12]臻（zhēn真），达到。

[13]饥成，遭逢饥馑。遂，得到、顺遂。

[14]曾，则，只。朁（xiè谢）御，君王近侍。

[15]憯（cǎn惨）憯，忧愁不安。日瘁（cuì翠），日益憔悴。

[16]讯，直谏。

[17]谮言，忠谏之语。

[18]出，病痛。

[19]躬，自身。瘁，毁损。

[20]哿（gě葛），嘉。

[21]俾（bǐ比），使。休，福禄。

[22]于仕，前去当官。

[23]棘，紧急。殆，危难。

[24]可使，可听从。

[25]鼠思，忧思。

[26]疾，招嫉。

[27]出居，离开镐京去外地。

小旻

【导读】

这还是一首控诉周幽王的诗。幽王忠奸不分、善恶不明，远忠臣而近小人。诗人忧心忡忡，胆战心惊。“暴虎冯河”、“战战兢兢”、“如临深渊，如履薄冰”等成语沿用至今。

【评介】

“《小旻》，大夫刺幽王也。”（《毛诗序》）

“所刺列于《十月之交》《雨无正》为小，故曰《小旻》，亦当为刺厉王。”（《笺》）

“大夫以王惑于邪谋，不能断以从善，而作此诗。”（朱熹《诗集传》）

“《小旻》，刺幽王惑邪谋业。”“夫天下不患无谋，患在有谋而弗用；不患在有谋弗用，而患在非其谋。谋非所用，则好谋实足以误事。又况以邪辟之人议之于前，而以多欲之言听而断之于后也哉！”（方玉润《诗经原始》）

“《小旻》，大夫刺幽王，谋夫孔多，莫泱国是之词。”（陈子展《诗经直解》）

“这首诗讽刺幽王任用小人，对决策谋划中的种种错误加以揭露，表现了诗人临深履薄唯恐遭祸的心情。”（程俊英《诗经译注》）

【原诗】	【译诗】
旻天疾威[1]，	苍天暴虐逞凶狂，
敷于下土。	人间处处遭灾荒。
谋犹回遹[2]，	谋略鬼遹又邪僻，
何日斯沮[3]！	哪天结束坏时光？
谋臧不从，	正确谋略不听从，
不臧覆用。	不良点子采用忙。
我视谋犹[4]，	我看现行政策啊，
亦孔之邛[5]。	糟糕透顶太荒唐。
潝潝訿訿[6]，	叽叽咕咕背后讲，
亦孔之哀。	巨大悲哀心底藏。
谋之其臧，	英明谋略真周详，

则具是违。	但却把它来违抗。
谋之不臧，	错误思谋太拙劣，
则具是依。	但却依靠它主张。
我视谋犹，	我看现行政策啊，
伊于胡厎[7]！	不知带到啥方向。
我龟既厌，	我的龟甲已厌烦，
不我告犹。	不把吉凶讲周详。
谋夫孔多，	谋士云集人太多，
是用不集。	很难集中议题上。
发言盈庭，	满庭到处争发言，
谁敢执其咎[8]？	谁敢责任担肩上？
如匪行迈谋[9]，	如果那人未远行，
是用不得于道。	问道远方如问盲。
哀哉为犹！	可叹执政不自强，
匪先民是程[10]，	不把先祖来效法，
匪大犹是经[11]。	不走正道奔前方。
维迩言是听，	只把短视话儿听，
维迩言是争。	只为陋策争用场。
如彼筑室于道谋，	如果造房问路人，
是用不溃于成[12]。	所以最终难造房。
国虽靡止[13]，	国家虽然法度荒，
或圣或否。	圣贤凡夫隔天壤。
民虽靡膴[14]，	百姓不算众而庞，
或哲或谋，	明智善谋济一堂，
或肃或艾[15]。	严肃干练贤者强。

如彼泉流，　　　国运就像泉水淌，
无沦胥以败[16]。　　　终将沉沦而败亡。

不敢暴虎[17]，　　　不敢徒手抓老虎，
不敢冯河[18]。　　　不敢徒步渡河上。
人知其一，　　　人们只知这一理，
莫知其它。　　　不知其他道理藏。
战战兢兢，　　　战战兢兢人间世，
如临深渊，　　　好象临近深渊旁，
如履薄冰[19]。　　　好似脚踩薄冰上。

【注释】

[1]旻（mín民）天，老天。疾威，暴虐。

[2]谋犹，谋划。回遹（yù玉），邪僻鬼遹。

[3]沮（jǔ举），止境。

[4]我视，我看，我评价。

[5]孔，很。邛（qióng穷），糟糕。

[6]潝（xì戏）潝訿（zǐ子）訿，应声诋毁。

[7]于，去。厎（zhǐ只），地步。

[8]执其咎，承担其过犯，罪责。

[9]行迈，路人。谋，请教

[10]先民，古人。程，学习。

[11]大犹，大道。经，行走。

[12]溃，达到。

[13]止，至，极点，尽头。

[14]朊（wǔ五），厚，美。

[15]肃，端肃。艾（yì义），治理，经办。

[16]沦胥，紧跟着。败，败亡。

[17]暴，徒手打虎。

[18]冯（píng平）河，徒步过河。

[19]履，踩，踏上。

小　宛

【导读】

这首诗写生逢乱世的哀叹，使人思念父母，劝诫兄弟。

【评介】

“《小宛》，大夫刺幽王也。”（《毛诗序》）

“亦当为刺厉王。”（《笺》）

“此大夫遭时之乱，而兄弟相戒以免祸之诗。”“此诗之辞最为明白，而意极恳至。”（朱熹《诗集传》）

“《小宛》，贤者自箴也。”（方玉润《诗经原始》）

“《小宛》，大夫遭乱畏祸，兄弟相戒之诗。诗中已自揭明其主旨。忧乱刺王乃其余事。”（陈子展《诗经直解》）

“这是周王一位同姓者讽刺幽王，并劝戒兄弟如何在乱世免祸的诗。”（程俊英《诗经译注》）

【原诗】	【译诗】
宛彼鸣鸠[1]，	小小鸣鸠翩跹，
翰飞戾天[2]。	展翅飞向云天。
我心忧伤，	我心真正忧伤，
念昔先人。	想念逝去祖先。
明发不寐[3]，	通宵达旦不眠，

有怀二人[4]。　　只把父母怀念。

人之齐圣[5]，　　人儿聪明德贤，
饮酒温克[6]。　　饮酒文雅礼全。
彼昏不知，　　那等无知呆汉，
壹醉日富[7]。　　每日借酒疯颠。
各敬尔仪，　　各人自重仪态，
天命不又[8]。　　天性不能两全。

中原有菽[9]，　　田里栽种大豆，
庶民采之。　　人们顺手采收。
螟蛉有子[10]，　　螟蛉化育幼子，
蜾蠃负之[11]。　　蜾蠃背负而走。
教诲尔子，　　教诲你的儿子，
式穀似之[12]。　　传统继承莫丢。

题彼脊令[13]，　　那边小巧鹡鸰，
载飞载鸣。　　飞翔鸣叫而过。
我日斯迈，　　我天天去奔波，
而月斯征。　　你月月远征多。
夙兴夜寐，　　清晨起夜晚睡，
毋忝尔所生[14]。　　莫把父母辱没。

交交桑扈[15]，　　青雀飞来飞去，
率场啄粟。　　禾场啄食粟粒。
哀我填寡，　　怜我贫穷孤独，
宜岸宜狱[16]。　　尚吃牢狱官司。
握粟出卜，　　捧把粟米占卜，

自何能谷？　　　　何日逢凶化吉？

温温恭人，　　　　做人恭顺善良，
如集于木[17]。　　好象攀在树上。
惴惴小心，　　　　惴惴不安小心，
如临于谷。　　　　如在山谷之旁。
战战兢兢，　　　　战战兢兢做人，
如履薄冰。　　　　好似踩在冰上。

【注释】

[1]宛（wǎn晚），小巧。鸣鸠，斑鸠。

[2]翰，羽毛。戾天，入云天。

[3]明发，通宵达旦地苦恼、忧愁。

[4]二人，父母。

[5]齐圣，聪明睿智。

[6]温克，温文尔雅而有所克制。

[7]壹，发语词。日富，愈来愈骄奢。

[8]又，再，复。

[9]菽（shū书），大豆。

[10]螟蛉，绿色小虫。

[11]蜾（guǒ果）蠃（luǒ裸），寄生蜂。常将螟蛉捉来，产卵后以螟蛉为食物。古人误以为蜾蠃以螟蛉为义子。

[12]式，语助词。穀（gǔ古），善。似，嗣，继承。

[13]题，看。脊令，鹡鸰鸟。

[14]忝（tiǎn舔），辱没。

[15]交交，飞来飞去。

[16]宜，仍。岸，监狱。

[17]集，栖息。

小　弁

【导读】

周幽王因为宠幸褒姒，废逐太子宜臼，宜臼作此诗以抒心中的怨愤。也有认为是宣王时尹吉甫之子伯奇所作。

【评介】

“《小弁》，刺幽王也。太子之傅作焉。”（《毛诗序》）

“旧说幽王太子宜臼被废而作此诗。”“幽王娶于申，生太子宜臼，后得褒姒而惑之，生子伯服。信其谗，黜申后，逐宜臼，而宜臼作此以自怨。”（朱熹《诗集传》）

“鲁说曰：‘《小弁》，《小雅》之篇，伯奇之诗也。伯奇仁人，而父虐之，故作《小弁》之诗。’”（[清]王先谦《诗三家义集疏》）

“《小弁》，放子呼吁之词。”（陈子展《诗经直解》）

“这是一首被父亲放逐的人抒发心中哀怨的诗。”（程俊英《诗经译注》）

【原诗】	【译诗】
弁彼鸒斯[1]，	欢喜是乌鸦，
归飞提提[2]。	群群飞回家。
民莫不穀[3]，	人们不缺粮，
我独于罹[4]。	唯我灾难大。
何辜于天？	何事辜负天，
我罪伊何？	罪过又是啥？
心之忧矣，	我心多忧患，
云如之何！	叫我怎挣扎？

踧踧周道[5]，	平坦四周道，
鞫为茂草[6]。	处处长青草。
我心忧伤，	我心真忧伤，
惄焉如擣[7]。	愁闷如锤捣。
假寐咏叹[8]，	和衣卧长叹，
维忧用老。	忧伤催人老。
心之忧矣，	心内苦闷多，
疢如疾首[9]。	有若头痛到。
维桑与梓，	桑梓父母栽，
必恭敬止。	恭敬把它待。
靡瞻匪父，	谁不敬严父，
靡依匪母。	谁不恋母爱？
不属于毛，	皮毛是爹生，
不离于里，	血肉连娘怀。
天之生我，	苍天既生我，
我辰安在？	为啥命运乖？
菀彼柳斯[10]，	密密柳丝青，
鸣蜩嘒嘒[11]。	蝉儿直叫鸣。
有漼者渊[12]，	幽幽深水边，
萑苇淠淠[13]。	芦苇丛丛生。
譬彼舟流，	像那小舟流，
不知所届。	不知何处停？
心之忧矣，	满心忧伤苦，
不遑假寐。	难得暂消停。
鹿斯之奔，	鹿儿快快奔，

维足伎伎[14]。	脚点似飞行。
雉之朝雊[15]，	晨鸣雄野鸡，
尚求其雌。	还知去求婚。
譬彼坏木，	我如病树样，
疾用无枝。	枝叶皆不生。
心之忧矣，	满心忧伤远，
宁莫之知！	没人知我心。
相彼投兔[16]，	看那投网兔，
尚或先之；	有人先放走。
行有死人，	道上横死人，
尚或墐之[17]。	有人把尸收。
君子秉心，	大人安甚心，
维其忍之。	残忍心歹毒。
心之忧矣，	无望满心忧，
涕既陨之[18]。	热泪洒衣袖。
君子信谗，	大人信谗言，
如或酬之[19]。	如同人敬酒，
君子不惠，	那人没恩惠，
不舒究之。	谣言不深究。
伐木掎矣[20]，	伐木拽树梢，
析薪扡矣[21]。	砍柴顺纹路。
舍彼有罪，	罪人偏放过，
予之佗矣[22]。	过犯堆我头。
莫高匪山，	不高岂是山？
莫浚匪泉[23]。	不深哪是泉。

君子无易由言[24]，　　大人勿轻言，
耳属于垣[25]。　　耳朵贴墙垣。
无逝我梁[26]，　　别动我鱼梁，
无发我笱[27]；　　别把鱼篓搬……
我躬不阅[28]，　　自身保不全，
遑恤我后[29]！　　哪管后事烦！

【注释】

[1]弁（pán盘），欢乐，鸒（yù玉），乌鸦。

[2]提（shí时）提，群飞状。

[3]穀（gǔ古），善。

[4]罹（lí离），遭难。

[5]踧（dí笛）踧，平坦。

[6]鞫（jú菊），阻塞。

[7]惄（nì逆），苦思，捣，撞击。

[8]假寐，和衣而卧。永，长久。

[9]疢（chèn趁），发热，热病。疾首，头痛。

[10]菀（yù玉），茂盛。

[11]蜩（tiáo条），知了。嘒（huì会）嘒，知了叫声。

[12]漼（cuǐ璀），深。

[13]萑（huán环），芦苇。淠（pèi配）淠，丰茂。

[14]伎伎（qí奇），歧歧，飞行状。

[15]雉，野鸡。朝雊（gòu够），清晨野鸡叫。

[16]相，看。投，自投罗网。

[17]墐（jìn近），安葬。

[18]陨（yǔn允），掉落。

[19]酬，敬酒。

[20]掎（jǐ己），用绳子拉树。树将断时，拉树以控制方向。

[21]析薪，砍柴。扡（chǐ齿），顺着纹理劈柴。

[22]佗（tuó驮），加，增添。

[23]浚（jùn俊），深。

[24]无易，不要轻易。由，于。

[25]耳，听者。垣（yuán元），墙，壁根。

[26]逝，到。梁，拦鱼堤。

[27]发，提起。笱（gǒu狗），鱼篓。

[28]躬，自身。阅，看顾，管。

[29]遑，不暇。恤，顾及。

巧 言

【导读】

这首诗刺幽王听信谗言，祸国殃民。

【评介】

“《巧言》，刺幽王也。大夫伤于谗，故作是诗也。”（《毛诗序》）

“大夫伤于谗，无所控告，而诉之于天……此诉而求免之辞也。”（朱熹《诗集传》）

“《巧言》，嫉谗致乱也。”“此必有所指，惜史无征，《序》不足信，徒存空言以为世戒，俾知信谗之足以召乱也。如此，旨亦微哉！”（方玉润《诗经原始》）

“《巧言》，刺王信谗召乱之诗。”（陈子展《诗经直解》）

“这是讽刺统治者听信谗言因而祸国殃民的诗。”（程俊英《诗经译注》）

【原诗】	【译诗】
悠悠昊天，	老天悠悠茫茫，
曰父母且。	人比父母敬仰。
无罪无辜[1]，	大家没罪没错，
乱如此幠[2]。	受罪遭乱难当。
昊天已威[3]，	老天已施淫威，
予慎无罪。	我自无罪不慌。
昊天泰幠[4]，	老天疏忽糊涂，
予慎无辜。	我真无辜遭殃。
乱之初生，	当初大乱发生，
僭始既涵[5]。	谗言都被听进。
乱之又生，	大乱再次发生，
君子信谗。	主君又信谗言，
君子如怒，	要是主君怒斥，
乱庶遄沮[6]。	祸乱尽快消灭。
君子如祉[7]，	主君若用贤士，
乱庶遄已。	庶几祸乱可免。
君子屡盟，	主君结盟经常，
乱是用长[8]。	祸乱越发增长。
君子信盗，	主君轻言国贼，
乱是用暴。	暴乱因此更旺。
盗言孔甘，	盗贼说话舒畅，
乱是用餤[9]。	所以祸乱增长。
匪其止共[10]，	恭敬只是假象，
维王之邛[11]。	哄得王病膏肓。

奕奕寝庙[12]，	宫室建筑巍峨，
君子作之。	都是先君硕果。
秩秩大猷[13]，	典章制度有序，
圣人莫之[14]。	都是先圣制作。
他人有心，	谗人有心打破，
予忖度之。	我能忖度不错。
跃跃毚兔[15]，	好比狡兔跳跃，
遇犬获之。	恰遇猎犬捕捉。
荏染柔木[16]，	树木轻柔婀娜，
君子树之。	主君栽培须多。
往来行言，	往来流言散播，
心焉数之。	用心辨明错讹。
蛇蛇硕言[17]，	夸大其辞编谎，
出自口矣。	出自谗人胡说。
巧言如簧，	如簧花言巧语，
颜之厚矣。	脸皮太厚耐磨。
彼何人斯？	那是什么人兮？
居河之麋[18]。	住在河水边际。
无拳无勇，	无才无能无勇，
职为乱阶[19]。	只是祸乱阶梯。
既微且尰[20]，	腿乱脚肿人跛，
尔勇伊何！	哪来动乱勇气？
为犹将多，	生出百般诡计，
尔居徒几何[21]！	到底党徒有几？

【注释】

[1]辜，过犯。

[2]怃（hū乎），大。

[3]已威，已经发威降灾。

[4]泰，大。怃，疏忽。

[5]僭（jiàn见），谗言。涵，采纳，包容。

[6]庶，几近。遄（chuán船），疾速。沮（jú举），停止。

[7]祉（zhǐ只），福。

[8]用，以。长，增多。

[9]餤（tán谈），吃，指增添。

[10]止，至于。共，恭，恭敬

[11]邛（qióng穷），病痛。

[12]奕奕，大而美。

[13]秩秩，有秩序、有层次的样子。猷（yóu由），道，法度。

[14]莫，谟，谋划。

[15]毚（chán缠）兔，狡兔。

[16]荏（rěn忍）染，柔嫩。柔木，桐树、漆树等善木，可以制琴。

[17]蛇（yí移）蛇，骗人状。硕言，浮夸语。

[18]麋（méi眉），借为“湄”，水滨。

[19]职，只。乱阶，祸乱之阶。

[20]尰（zhǒng肿），脚肿。

[21]居徒，蓄徒，所养门徒。几何，多少。

何人斯

【导读】

这是一首绝交诗。苏公、暴公的封地相临，两人矛盾重重，故而有绝交之事。

【评介】

“《何人斯》，苏公刺暴公也。暴公为卿士，而谮苏公焉，故苏公作是诗以绝之。”（《毛诗序》）

“旧说：暴公为卿士而谮苏公，故苏公作是诗以绝之。然不欲直斥暴公，故但指其从行者而言”（朱熹《诗集传》）

“《何人斯》，刺反侧也。”“夫君子同秉国政，互相水火。君不能正之于上，臣必乱之于下。朋党势成而君心孤立，其国焉得不亡？”（方玉润《诗经原始》）

“这是一首讽刺同僚的诗，实际上是一首绝交的诗。”（程俊英《诗经译注》）

【原诗】	【译诗】
彼何人斯？	他是何等人？
其心孔艰[1]。	心肠真可狠。
胡逝我梁[2]，	为何到鱼梁，
不入我门！	不入我家门？
伊谁云从？	他听谁人话？
维暴之[3]云。	跟着暴公云。
二人从行，	两人从兹行，
谁为此祸？	谁为此祸根？

胡逝我梁，　　为何到鱼梁，
不入唁我[4]！　　未曾来慰问？
始者不如今，　　开始不这样，
云不我可。　　如今冷冰冰。

彼何人斯？　　他是何等人？
胡逝我陈[5]？　　为何门前行？
我闻其声，　　听到其声音，
不见其身。　　见到他身影。
不愧于人，　　对人不惭愧？
不畏于天。　　不怕天报应？

彼何人斯？　　他是何等人？
其为飘风[6]。　　好似暴风临。
胡不自北？　　何不北面过，
胡不自南？　　何不南边行？
胡逝我梁，　　为甚到鱼梁，
只搅我心！　　搅我心不定。

尔之安行，　　你且慢些行，
亦不遑舍[7]。　　没空暂时停。
尔之亟行[8]，　　你车急急行，
遑脂尔车[9]。　　脂油涂轴轮。
壹者之来[10]，　　上次你来临，
云何其盱[11]！　　令我心意冷。

尔还而入，　　你归进我门，
我心易也。　　我心多欢欣。

还而不入，	你返不进门，
否难知也[12]。	怎知你居心。
壹者之来，	上次你来临，
俾我祇也[13]。	使我气成病。

伯氏吹埙，	老大吹起埙，
仲氏吹篪[14]。	弟吹篪相应。
及尔如贯[15]，	你我一线连，
谅不我知。	真不解我心。
出此三物，	摆出鸡猪狗，
以诅尔斯。	神咒负心人。

为鬼为蜮[16]，	倘若是鬼蜮，
则不可得。	那就无形影。
有靦面目[17]，	你有眉眼脸，
视人罔极。	看人看不清。
作此好歌，	且把好歌吟，
以极反侧。	追究反覆人。

【注释】

[1]孔艰，很可恨。

[2]逝，去。梁，拦鱼坝。

[3]暴，暴公。周王卿士。《毛诗》序说苏公和暴公封地相邻，产生纠纷，苏公便写此诗以表讥刺。

[4]唁（yàn彦）慰问，安慰安抚。

[5]陈，正厅到院堂之间的通道。

[6]飘风，暴风。

[7]遑，空闲。舍，停留。

[8]亟（jí急），快，急。
[9]脂，上油脂。
[10]壹者，从前。
[11]盱（xū虚），忧愁叹气状。
[12]否，隔阂。
[13]祇（qí奇），借为“疷（qí奇）”，病痛。
[14]篪（chí迟），吹奏的乐器。
[15]及尔，与你。贯，钱贝穿在一起。
[16]蜮（yù玉），含沙射影的鬼物。
[17]靦（tiǎn舔），面目。

巷　伯

【导读】

这首诗写寺人孟子被谗言所害，作此诗以发泄心中的怨愤，并劝诫世人。

【评介】

“《巷伯》，刺幽王也。寺人伤于谗，故作是诗也。”（《毛诗序》）

“馋人谮寺人，寺人又伤其将及巷伯，故以名篇。”（《笺》）

“时有遭谗而被宫刑为巷伯者，作此诗。”（朱熹《诗集传》）

“这篇诗是一个表字孟子的寺人所作。作者遭人谗毁，用这诗发泄他的怨愤，给谗者以诅咒，同时劝执政者警惕。”（余冠英《诗经选译》）

“《巷伯》，明为奄官巷伯伤馋而遭宫刑，悔恨之作。”（陈子展

《诗经直解》）

“这是寺人孟子因被谗受害而作以泄愤的怨诗。”（程俊英《诗经译注》）

【原诗】	【译诗】
萋兮斐兮[1]，	丝线起花纹，
成是贝锦[2]。	织成是贝锦。
彼谮人者[3]，	那个造谣精，
亦已大甚。	欺人实太甚。
哆兮侈兮[4]，	张开大嘴巴，
成是南箕[5]。	箕星南天挂。
彼谮人者，	那个造谣精，
谁适与谋？	谁把主意拿？
缉缉翩翩[6]，	叽叽又喳喳，
谋欲谮人[7]。	算计害人家。
慎尔言也，	说话要谨慎，
谓尔不信。	不然信誉差。
捷捷幡幡[8]，	喊喊又嚓嚓，
谋欲谮言。	谋划造假话。
岂不尔受？	岂无上当人？
既其女迁[9]。	最终恨你差。
骄人好好，	骄者好上好，
劳人草草[10]。	苦人命若草。
苍天苍天！	苍天啊苍天，

视彼骄人，　　看看贵人妖，
矜此劳人[11]。　　可怜苦人糟。

彼谮人者，　　那个造谣家，
谁适与谋？　　谁把主意拿？
取彼谮人，　　捉住造谣者，
投畀豺虎[12]。　　扔给豺虎抓。
豺虎不食，　　豺虎不屑吃，
投畀有北。　　北地去关押。
有北不受，　　北地不接受，
投畀有昊[13]。　　送他归天吧！

杨园之道，　　杨园有道偏，
猗于亩丘[14]。　　依着亩丘边。
寺人孟子[15]，　　宦官名孟子，
作为此诗。　　写下此诗篇。
凡百君子，　　叫声众君子，
敬而听之。　　认真听我言。

【注释】

[1]萋（qī七），盛，繁盛。斐（fēi非），有纹彩。

[2]贝锦，象贝壳一般花纹斐然的锦。

[3]谮（zèn怎读四声）人，造谣者。

[4]哆（chǐ齿），张开口。侈（chǐ尺），大。

[5]箕（jī鸡），形如簸箕排列的南方四星。

[6]缉缉（jī鸡），交头接耳状。翩翩，花言巧语。

[7]谋欲谮人，相与计谋准备造谣害人。

[8]捷捷幡幡（fān帆），能言善辩、巧舌如簧的样子。

[9]既，最终。女迁，迁汝，听者将谗言转到你本人身上。

[10]劳人，劳苦人。草草，苟活。

[11]矜（jīn今），可怜。

[12]畀（bì必），给与。

[13]有昊（hào号），苍天。

[14]猗（yǐ乙），依。

[15]寺人，宫内小臣，字孟子。

小雅·谷风之什

谷　风

【导读】

这是一首弃妇诗。女子指责丈夫喜新厌旧，背信弃义。风雨交加的天气衬托女子凄凉哀怨的心境，情景交融，感人至深。

【评介】

“《谷风》，刺幽王也。天下俗薄，朋友道绝焉。”（《毛诗序》）

“此朋友相怨之诗。”（朱熹《诗集传》）

“《谷风》，伤友道绝也。”“凡人处世，当患难恐惧时，则思朋友；遇安乐无事日，则谢交游。受人大德，转瞬不记，遭人小怨，终身难忘者，比比皆是，而诗固云尔也。”（方玉润《诗经原始》）

“《谷风》，朋友相弃相怨之诗。缘何相弃相怨？诗云：‘忘我大德，思我小怨。’可与共患难，不可与共安乐。此权势之场通例，弃予之叹恒情也。”（陈子展《诗经直解》）

“这是一首弃妇所作的诗。她责备丈夫是个可与共患难，不能与同安乐的人。”（程俊英《诗经译注》）

【原诗】	【译诗】
习习谷风[1]，	山谷大风刮，
维风及雨。	风雨交撕拉。
将恐将惧，	忧患恐惧时，
维予与女。	你我是一家。
将安将乐，	安逸快乐时，

女转弃予。	你把我撇下。

习习谷风，	山谷大风怪，
维风及颓[2]。	旋风阵阵来。
将恐将惧，	患难恐怖时，
置予于怀。	搂我入你怀。
将安将乐，	安逸快乐时，
弃予如遗。	你把我撇开。

习习谷风，	山谷大风过，
维山崔嵬[3]。	山峰泥石落。
无草不死，	百草拔地死，
无木不萎。	树林枯萎多。
忘我大德，	忘我大恩惠，
思我小怨。	记我小过错。

【注释】

[1]习习，连续不断。谷风，暴风，来自山谷之大风。

[2]颓，旋风。

[3]崔嵬（wéi围），山高而险。

蓼莪

【导读】

这首诗写苦于征役，无力无暇奉养父母的痛苦。

【评介】

“《蓼莪》，刺幽王也。民人劳苦，孝子不得终养尔。”（《毛诗序》）

“人民劳苦，孝子不得终养而作此诗。”“晋王褒以父死非罪，每读《诗》至‘哀哀父母，生我劬劳’，未尝不三复流涕，受业者为废此篇，诗之感人如此。”（朱熹《诗集传》）

“此诗为千古孝思绝做，尽人能识。唯《序》必牵及‘人民劳苦’，以‘刺幽王’，不惟意涉牵强，即情亦不真。”（方玉润《诗经原始》）

“《蓼莪》，大夫行役，自伤不得终养父母之诗。”（陈子展《诗经直解》）

“这是一首苦于服役，悼念父母的诗。”（程俊英《诗经译注》）

【原诗】	【译诗】
蓼蓼者莪[1]，	莪蒿高又高，
匪莪伊蒿[2]。	无奈是散蒿。
哀哀父母[3]！	可怜我父母，
生我劬劳。	生我多辛劳。
蓼蓼者莪，	莪蒿高又高，
匪莪伊蔚[4]。	怎奈是散蒿。
哀哀父母！	可哀我父母，
生我劳瘁。	生我多苦劳。
瓶之罄矣[5]，	小瓶空空如也了，
维罍之耻[6]。	大坛引以为害臊。
鲜民之生[7]，	我这孤儿在人间，
不如死之久矣。	不如早死就拉倒。

无父何怙[8]？　　没有父亲无寄托，
无母何恃？　　没有母亲无依靠。
出则衔恤[9]，　　出外满心是悲感，
入则靡至[10]。　　进门形影来相吊。

父兮生我，　　爹呀是你生养我，
母兮鞠我[11]。　　娘呀是你哺育我。
拊我畜我[12]，　　抚摸我来爱护我，
长我育我，　　使我长大教育我，
顾我复我[13]，　　看顾我来盯着我，
出入腹我[14]。　　出出进进抱着我。
欲报之德，　　我欲报答大恩德，
昊天罔极[15]。　　老天无常双星落。

南山烈烈[16]，　　南山高耸刺云朵，
飘风发发[17]。　　暴风上下呼啸过。
民莫不穀[18]。　　别人都能养爹娘，
我独何害？　　我家为何遭灾祸？

南山律律[19]，　　南山高耸好巍峨，
飘风弗弗[20]。　　暴风挟裹泥石堕。
民莫不谷，　　别人都能养爹娘，
我独不卒[21]。　　不遑赡养只有我！

【注释】

[1]蓼（lù路）蓼，高大。莪（é鹅），莪蒿、抱娘蒿。

[2]匪，不是。伊，是。蒿，蒿草。

[3]哀哀，可怜、可叹、可悲。

[4]蔚，牡蒿，可入药。
[5]罄（qìng庆），空。
[6]罍（léi雷），大肚酒坛。
[7]鲜（xiǎn险）少，这里指孤独。鲜民，孤儿。
[8]怙（hù户），依靠。
[9]衔，含。恤，忧愁。
[10]入，回家。靡至，无人看望。
[11]鞠（jū居），养育。
[12]拊（fǔ府），抚弄。畜（xù序），养育。
[13]顾，看顾。复，回头看。
[14]腹，作动词用，抱着。
[15]罔极，无常，没定准。
[16]烈烈，高大险峻。
[17]飘风，大风。发发，呼啸而过。
[18]穀（gǔ古），善，指养育双亲。
[19]律律，高耸险峻。
[20]弗弗（fú扶），大风翻卷状。
[21]不卒，不得终养双亲。

大　东

【导读】

这首诗控诉西周对东方诸侯国的压迫和剥削。

【评介】

“《大东》，刺乱也。东国困于役而伤于财，谭大夫作是诗以告病

焉。”（《毛诗序》）

“《大东》，东国困于役而伤于财，谭大夫告病刺乱之作。”（陈子展《诗经直解》）

“这是东方诸侯国的臣民讽刺周王室只知搜刮财物、奴役人民，虽居高位，却不能解除东方人民的苦难的诗。”（程俊英《诗经译注》）

【原诗】	【译诗】
有饛簋飧[1]，	盒中饭盛满，
有捄棘匕[2]。	枣木饭勺弯。
周道如砥[3]，	大道平如磨，
其直如矢[4]。	笔直像箭穿。
君子所履，	贵人路上走，
小人所视。	草民瞪眼看。
眷言顾之[5]，	回首再遥望，
潸焉出涕[6]。	涕泪好潸然。
小东大东，	东面诸城邦，
杼柚其空[7]。	织机布搜光。
纠纠葛屦[8]，	葛草编成鞋，
可以履霜。	怎能踏冰霜？
佻佻公子[9]，	轻佻公子哥，
行彼周行[10]。	漫步大道上。
既往既来，	来来又往往，
使我心疚。	使我心疚伤。
有冽氿泉[11]，	冷泉旁边流，
无浸获薪[12]。	别把柴湿透。
契契寤叹[13]，	醒时长叹气，

哀我惮人[14]。	苦力真堪忧。
薪是获薪，	劈柴举斧头，
尚可载也。	要等车载走。
哀我惮人，	苦力真可怜，
亦可息也。	歇息等时候。
东人之子，	东面子弟们，
职劳不来[15]。	劳苦无人问。
西人之子，	西方公子们，
粲粲衣服。	粲粲衣服新。
舟人之子[16]，	贵人王子们，
熊罴是裘[17]。	熊罴裘袄拎。
私人之子，	富家儿郎们，
百僚是试。	百官可担承。
或以其酒，	有人进美酒，
不以其浆。	嫌它如水浆。
鞙鞙佩璲，	进贡佩玉带，
不以其长。	嫌短不够长。
维天有汉[18]，	天上银河亮，
监亦有光[19]。	照人有辉光。
跂彼织女[20]，	三角织女星，
终日七襄[21]。	每天七移忙。
虽则七襄，	虽则七移忙，
不成报章[22]。	织布无花样。
睆彼牵牛[23]，	牵牛星儿亮，
不以服箱[24]。	不能驾车厢。

东有启明，	启明在东方，
西有长庚。	长庚在西方。
有捄天毕[25]，	毕星柄儿长，
载施之行。	斜挂排成行。

维南有箕[26]，	南边簸箕星，
不可以簸扬。	不可来簸扬。
维北有斗[27]，	那颗北斗星，
不可以挹酒浆。	不可盛酒浆。
维南有箕，	南方簸箕星，
载翕其舌[28]。	舌头伸得长。
维北有斗，	北面斗星照，
西柄之揭[29]。	举柄向西方。

【注释】

[1]饛（méng蒙），装满貌。簋（guǐ轨），盛食物的器皿。飧（sūn孙），熟食。

[2]捄（qiú求），长而弯曲状。棘（jí急）匕（bǐ比），木饭勺。

[3]周道，大路。砥（dǐ底），磨刀石。

[4]如矢，如箭射。

[5]眷（juàn倦），回顾。

[6]潸（shān山），流泪状。

[7]杼（zhù住）柚（zhú逐），梭子与筛齿，指织布机上布。

[8]纠纠，缠绕状。葛屦（jù巨），葛草所编草鞋。

[9]佻（tiāo）佻，轻浮，轻佻。

[10]周行，大道。

[11]冽（liè列），冷而清彻。氿（guǐ鬼），泉水侧流而出。

[12]浸，打湿。获薪，砍下放好的木柴。

[13]契契（qì气），忧苦。寤叹，睡醒而叹。

[14]惮（dàn但），劳苦。

[15]职，主要。劳，劳苦。来，过问，动问。

[16]舟人，周人，上等人。

[17]熊罴（pí皮）是裘，以熊皮为衣裘。

[18]汉，银河。

[19]监，同“鉴”，镜子。指银河水如镜面照人。

[20]跂（qí奇），织女三星鼎立状。

[21]七襄，七次更换方位。终日，一天。

[22]报章，织成的帛锦。

[23]睆（huǎn缓），光明状。

[24]服箱，驾车。

[25]天毕，毕星，共八颗。

[26]箕，箕星四颗，排列如箕而得名。

[27]斗，斗宿星座，六星如斗状，又称北斗。

[28]翕（xī西），伸长舌头，象舐吃东西的样子。

[29]揭，举起。

四　月

【导读】

这是一个小官吏在发乱世的哀叹，他奔波劳碌，过着颠沛流离的生活。

【评介】

“《四月》，大夫刺幽王也。在位贪残，下国构祸，怨乱并兴焉。”（《毛诗序》）

“此亦遭乱自伤之诗。”（朱熹《诗集传》）

“《四月》，逐臣南迁也。”“愚谓当时大夫，必有功臣后裔，遭害被逐，远谪江滨者，故于去国之日作诗以志哀云。”（方玉润《诗经原始》）

“《四月》，大夫自述行役，一年间自夏历秋至冬、途中见闻，以及忧乱、构祸、尽瘁、思隐，种种复杂心情之作。”（陈子展《诗经直解》）

“这是一个小官吏诉说行役之苦和忧世之情的述怀诗。”（程俊英《诗经译注》）

【原诗】	【译诗】
四月维夏，	四月里来是立夏，
六月徂暑[1]。	六月到来暑热焦。
先祖匪人[2]，	我家祖先非外人，
胡宁忍予？	为何忍心将我抛？
秋日凄凄，	秋风凄凄秋天冷，
百卉具腓[3]。	百草经霜尽凋零。
乱离瘼矣[4]，	动乱离乡心内苦，
奚其适归。	何方太平可置身？
冬日烈烈[5]，	寒冬腊月冷气彻，
飘风发发[6]。	狂风劲吹正凛冽。
民莫不穀[7]，	人家生活都美好，
我独何害？	偏我受害遭大劫。
山有嘉卉，	高山之上花木佳，
侯栗侯梅。	栗树梅树满山崖。

废为残贼[8]，　　一派残枝花事尽，
莫知其尤。　　不知何事遭砍伐？

相彼泉水，　　你看泉水汩汩涌，
载清载浊。　　清水浊水各不同。
我日构祸[9]，　　叹我天天闯灾祸，
曷云能谷？　　何时方能运命通？

滔滔江汉，　　长江汉水浪滔滔，
南国之纪。　　南国水流都来到。
尽瘁以仕，　　鞠躬尽瘁干公事，
宁莫我有。　　哪有长官说我好？

匪鹑匪鸢[10]，　　做人不如鹰和雕，
翰飞戾天[11]，　　一路高飞上九霄。
匪鳣匪鲔，　　做人不如鲔和鲤，
潜逃于渊。　　潜跃深渊任逍遥。

山有蕨薇，　　山坡上面长蕨薇，
隰有杞桋[12]。　　洼地之中枸桋长。
君子作歌，　　我今作诗把歌唱，
维以告哀。　　只是为了驱哀伤。

【注释】

[1]徂（cú粗第二声），去，往。

[2]匪人，不是外人。

[3]卉（huì会），草。腓（féi肥），病枯。

[4]瘼（mò末），疾苦。

[5]冬日，冬天。烈烈，凛冽，寒冷。
[6]飘风，暴风。发发，呼啸声。
[7]穀（gǔ古），善，生活好。
[8]废为残贼，树木花草皆被连根铲去。比喻百姓受苦。
[9]日，每天。构，遭逢。
[10]匪，不是。鹑（tuán团），雕。鸢（yuān渊），老鹰。
[11]翰飞，高飞。戾（lì力），到达。
[12]隰（xí习），低洼地。桋（yí移），树名，丛生山中。

北　山

【导读】

这首诗写周朝官吏指责天子善恶不分，用人不公，赏罚不均。这个小官吏日夜奔波劳碌，生活困苦；而有的官吏却逍遥自在，不劳而获。

【评介】

“《北山》，大夫刺幽王也。役使不均，已劳于从事，而不得养其父母焉。”（《毛诗序》）

“大夫行役而作此诗。”“盖以王事不可以不勤，是以贻我父母之忧耳。”（朱熹《诗集传》）

“《北山》，刺士大夫们劳逸不均之诗。”（陈子展《诗经直解》）

“这篇是小官道苦道怨的诗。苦的是‘王事鞅掌’，怨的是劳逸不均。第一章言久役贻父母之忧。第二章言役使不均。第三章言奔走四方。第四、五、六章历举不均的现象，将朝廷上别人的悠闲和自己的劳苦对比。”（余冠英《诗经选译》）

“这是一位士子怨恨大夫分配徭役劳逸不均而作的诗。”（程俊英

《诗经译注》）

【原诗】	【译诗】
陟彼北山[1]，	一路登北山，
言采其杞。	采摘枸杞尝。
偕偕士子[2]，	群群当差人，
朝夕从事。	朝夕事务忙。
王事靡盬[3]，	王事无休止，
忧我父母。	想我爹和娘。
溥天之下[4]，	环顾普天下，
莫非王土。	都是王领土。
率土之滨[5]，	四海之内人，
莫非王臣[6]。	都是王臣民。
大夫不均，	大夫不公平，
我从事独贤。	我事太苦辛。
四牡彭彭[7]，	四马奔四方，
王事傍傍[8]。	王事千百桩。
嘉我未老，	夸我尚年轻，
鲜我方将[9]。	说我血气刚。
旅力方刚，	力气正强壮，
经营四方。	驱驰到四方。
或燕燕居息[10]，	有人居家把福享，
或尽瘁事国。	有人尽瘁为国伤。
或息偃在床，	有人安乐在床上，
或不已于行[11]。	有人奔走在路上。

或不知叫号，　　　　有人不知苦叫号，
或惨惨劬劳[12]。　　　有人凄惨愁断肠。
或栖迟偃仰，　　　　有人安眠任俯仰，
或王事鞅掌[13]。　　　有人官差忙又忙。

或湛乐饮酒，　　　　有人快乐痛饮酒，
或惨惨畏咎。　　　　有人畏惧祸当头。
或出入风议[14]，　　　有人进出乱讽议，
或靡事不为。　　　　有人百事忙不休。

【注释】

[1]陟（zhì至），攀登。

[2]偕偕，群群。士子，当差人。

[3]盬（gǔ古），休止。

[4]溥（pǔ朴），普，整个，

[5]率，从。从水滨至于陆地。

[6]王臣，君王之臣民百姓。

[7]牡，公马。彭彭，强壮而匆忙。

[8]傍傍，奔走不息状。

[9]鲜，称许，称道。方将，正当年，正强壮。

[10]燕燕，安乐状。居息，居家休息。

[11]不已，不停止。行（háng航），路。

[12]惨惨，辛苦劳累状，亦作忧愁解。

[13]鞅掌，忙活、辛苦。

[14]风议，讽议，发议论，讲闲话。

无将大车

【导读】

这首诗写乱世的哀伤和彷徨。

【评介】

"《无将大车》，大夫悔将小人也。"（《毛诗序》）

"周大夫悔将小人。幽王之时，小人众多，贤者与之从事，反见谮，自悔与小人并。"（《笺》）

"此亦行役劳苦而忧思者之作。"（朱熹《诗集传》）

"《无将大车》，当是推挽大车者所作。此亦劳者歌其事之一例。其风格绝类《国风》，盖西周民风，是由国史、太师，采入乐章而列在《小雅》。"（陈子展《诗经直解》）

"这是一位诗人感时伤乱之作。"（程俊英《诗经译注》）

【原诗】	【译诗】
无将大车，	不要把那大车推，
只自尘兮[1]。	要推满身是尘灰。
无思百忧，	不要被那百事催，
只自疧兮[2]。	劳心连累筋骨亏。
无将大车，	不要把那大车推，
维尘冥冥[3]。	尘土纷扬眼睛灰。
无思百忧，	不要被那百事催，
不出于颎[4]。	一脸晦暗无光辉。
无将大车，	不要把那大车推，

维尘雍兮[5]。　　道阻且长尘土飞。
无思百忧，　　不要被那百事催，
只自重兮[6]。　　不自重兮身体亏。

【注释】

[1]只，只是。尘，惹起灰尘。

[2]疷（qí奇），病痛。

[3]冥冥，晦暗。

[4]颎（jiǒng窘），光辉。

[5]雍（yōng拥），壅，壅塞遮蔽。

[6]重，病累。

小　明

【导读】

这首诗写常年在外服役，迫于王威，不能归家的痛苦。最后两章诗人安慰自己，忠于职守，最终能得到神明的庇佑。

【评介】

“《小明》，大夫悔仕于乱世也。”（《毛诗序》）

“大夫以二月西征，至于岁暮而未得归，故呼天而诉之。”（朱熹《诗集传》）

“《小明》，大夫自伤久役，书怀以寄友也。”（方玉润《诗经原始》）

“《小明》，大夫自述久役，忧时、思友、怀归，种种复杂心情之作。”（陈子展《诗经直解》）

“这是一个官吏自述久役思归及念友的诗。”（程俊英《诗经译注》）

【原诗】	【译诗】
明明上天，	天上多明亮，
照临下土。	光辉照地上。
我征徂西，	出差到西方，
至于艽野[1]。	一路至边荒。
二月初吉，	二月吉日走，
载离寒暑。	历经寒暑往。
心之忧矣，	心中真忧伤，
其毒大苦[2]。	如把苦药尝。
念彼共人[3]，	想念同心人，
涕零如雨。	涕泪如雨长。
岂不怀归？	难道不思归，
畏此罪罟[4]。	只怕触法网。
昔我往矣，	当初我起身，
日月方除[5]。	辞旧迎新时。
曷云其还？	何日能返乡，
岁聿云莫[6]。	年终无良机。
念我独兮，	想我独身人，
我事孔庶[7]。	每日理万机。
心之忧矣，	心中真忧虑，
惮我不暇。	劳苦无闲日。
念彼共人，	想念同心人，
睠睠怀顾[8]。	眷念在心臆。
岂不怀归？	难道无归思，
畏此谴怒。	只畏谴责至。

昔我往矣，	当初我动身，
日月方奥[9]。	日月暖融融。
曷云其还？	何时能返乡，
政事愈蹙[10]。	公事急匆匆。
岁聿云莫，	眼看到年终，
采萧获菽。	采艾收豆种。
心之忧矣，	忧心总忡忡，
自诒伊戚[11]。	自找烦恼重。
念彼共人，	思念同心人，
兴言出宿[12]。	起床来走动。
岂不怀归？	难道不思归，
畏此反复。	只怕赏罚重。
嗟尔君子，	哎呀您请听，
无恒安处。	不要常安寝。
靖共尔位[13]，	本职要谨慎，
正直是与。	结交正直人。
神之听之，	神明天上听，
式穀以女[14]。	赐福到你身。
嗟尔君子，	哎呀您请听，
无恒安息。	少歇多警醒。
靖共尔位，	本职要谨慎，
好是正直。	做事要直行。
神之听之，	神明天上听，
介尔景福[15]。	赐你大福音。

【注释】

[1]艽（qiú求）野，荒远之地。

[2]毒，药毒。比喻心忧之痛苦。

[3]共人，同心人。

[4]罟（gǔ古），网罗。

[5]除，去旧迎新之岁尾年初。

[6]莫，暮，结束。

[7]孔庶，很繁多。

[8]睠睠，眷眷，反思回顾状。

[9]奥（yù玉），暖和。

[10]蹙（cù促），急迫。

[11]诒，贻留。伊，彼。戚，忧戚伤心。

[12]兴，起床。出宿，外面去走动。

[13]靖，计划。共，恭敬供职。

[14]式，用。穀（gǔ古），福。以，给予。女，汝。

[15]介，帮助，赐。景福，洪福。

鼓 钟

【导读】

这首诗怀念先王之德，以刺当世之乱。

【评介】

“《鼓钟》，刺幽王也。”（《毛诗序》）

“这是讽刺周王荒乱、伤今思古的诗。”（程俊英《诗经译注》）

【原诗】	【译诗】
鼓钟将将，	敲击编钟叮当响，
淮水汤汤[1]，	浩浩淮水翻波浪，
忧心且伤。	心里忧愁又悲伤。
淑人君子，	好人君子般般强，
怀允不忘[2]。	引我思念不能忘。
鼓钟喈喈，	敲击编钟铿锵响，
淮水湝湝[3]，	茫茫淮水起波浪，
忧心且悲。	心内忧郁又悲伤。
淑人君子，	好人君子事事美，
其德不回。	道德品质日日长。
鼓钟伐鼛[4]，	敲钟打鼓响叮当，
淮有三洲，	三洲分布水中央，
忧心且妯[5]。	我心忧愁好悲伤。
淑人君子，	好人君子样样好，
其德不犹[6]。	高贵品德永流芳。
鼓钟钦钦，	敲击编钟声叮叮，
鼓瑟鼓琴，	鼓琴弹琴相鸣唱，
笙磬同音。	笙磬同音和声响。
以雅以南，	演奏雅音和南乐，
以籥不僭[7]。	吹籥重奏音不抢。

【注释】

[1]汤汤（shāng商），浩浩荡荡。

[2]允，确实。

[3]湝湝（jiē接），水流浩大。
[4]伐鼛（gāo高），打起大型鼓。
[5]妯（chōu抽），伤心。
[6]犹，停止。
[7]籥（yuè月），吹管乐器，形同排箫。僭（jiàn见），乱。

楚　茨

【导读】

这是丰收后，周天子祭祀祖先，祈神求福的乐歌。

【评介】

"《楚茨》，刺幽王也。政烦赋重，田莱多荒，饥馑降丧，民卒流亡，祭祀不飨，故君子思古言。"（《毛诗序》）

"此诗述公卿有田禄者，力于农事，以奉其宗庙之祭。"（朱熹《诗集传》）

"《楚茨》，王者尝烝以祭宗庙也。"（方玉润《诗经原始》）

"《楚茨》，当是有关王者秋冬祭祀先祖，祭后私宴同姓诸臣之诗。"（陈子展《诗经直解》）

"这是周王祭祀祖先的乐歌。诗中的'我'、'孝孙'，都是指周王。它所叙述的典章制度，也都是天子用的。"（程俊英《诗经译注》）

【原诗】	【译诗】
楚楚者茨[1]，	密密遍蒺藜，
言抽其棘[2]。	拓荒除荆棘。

自昔何为？	为何忙今昔？
我蓺黍稷[3]。	只为谋粱米。
我黍与与[4]，	小米多茂密，
我稷翼翼。	高粱真整齐。
我仓既盈，	仓库已满溢，
我庾维亿[5]。	囤粮以亿计。
以为酒食，	用来做酒食，
以享以祀。	用来当祭祀。
以妥以侑[6]，	巫师敬鬼神，
以介景福。	求得好福气。

济济跄跄[7]，	恭敬又端庄，
洁尔牛羊[8]，	洗净牛与羊，
以往烝尝[9]。	祭祀派用场。
或剥或亨，	或切或烹煮，
或肆或将。	摆盘捧上堂。
祝祭于祊，	太祝庙内祭，
祀事孔明。	祭典有规章。
先祖是皇[10]，	祖先来享用，
神保是飨[11]。	神灵来品尝。
孝孙有庆，	主祭庆吉祥，
报以介福，	神酬洪福降，
万寿无疆。	万寿永无疆。

执爨踖踖[12]，	厨师手脚快，
为俎孔硕[13]。	肥肉案上摆。
或燔或炙，	红烧或炙烤，
君妇莫莫[14]。	妇女谨分开。

为豆孔庶[15]，　　　　佳肴多丰盛，
为宾为客。　　　　宾客坐下来。
献酬交错，　　　　主客相敬酒，
礼仪卒度，　　　　彬彬礼仪在，
笑语卒获。　　　　笑语乐开怀。
神保是格，　　　　神巫进场来，
报以介福，　　　　诸位洪福大，
万寿攸酢[16]。　　　　万寿长乐哉。

我孔熯矣[17]，　　　　我等多恭敬，
式礼莫愆。　　　　礼节有分寸。
工祝致告[18]，　　　　祝传祖宗语：
徂赉孝孙[19]。　　　　“赐福给孝孙。
苾芬孝祀[20]，　　　　祭品香喷喷，
神嗜饮食。　　　　神灵喜尝饮。
卜尔百福，　　　　赐你洪福齐，
如几如式。　　　　样样有定准。
既齐既稷，　　　　迅捷又齐整，
既匡既敕[21]。　　　　谨慎亦端正。
永锡尔极，　　　　永锡大福气，
时万时亿。　　　　亿万数不赢。

礼仪既备，　　　　礼仪都备好，
钟鼓既戒。　　　　钟鼓挂放牢。
孝孙徂位，　　　　主祭上台位，
工祝致告。　　　　工祝来宣告：
神具醉止，　　　　“神灵喝醉了，
皇尸载起[22]。　　　　巫师起身走。

鼓钟送尸， 送神钟声敲，
神保聿归。 群巫归其庙。
诸宰君妇， 厨师与妇女，
废彻不迟[23]。 祭品整理好。
诸父兄弟， 伯叔兄弟们，
备言燕私[24]。 家宴兴致高。

乐具入奏， 乐队后堂奏，
以绥后禄。 福禄来消受。
尔肴既将[25]， 菜肴多美妙，
莫怨具庆。 无怨赞不休。
既醉既饱， 酒醉饭饱时，
小大稽首[26]。 老小齐叩头。
神嗜饮食， 神饮有嗜好，
使君寿考。 愿君永长寿。
孔惠孔时， 祭祀规模大，
维其尽之。 尽力全达到。
子子孙孙， 子孙后世人，
勿替引之[27]。 祭礼莫减少。

【注释】

[1]楚楚，茂盛。茨（cí词），蒺藜。

[2]抽，除去。棘，蒺藜。

[3]蓺（yì艺），种植。

[4]与与，兴旺茂盛。

[5]庾（yǔ雨），用席子围成的粮囤。

[6]妥，请尸（神巫）坐下。侑（yòu右），劝酒。

[7]济济跄跄，谨慎、恭敬而有节奏。

[8]洁，洗净。

[9]烝，冬祭。尝，夏祭。

[10]皇，降临，来往。

[11]飨，享用。

[12]爨（cuàn窜），烧饭。踖（jí及）踖，小心谨慎。

[13]俎（zǔ祖），装肉铜器。孔硕，肉食很多。

[14]莫莫，恭敬谨慎状。

[15]豆，装食物的容器。庶，多。

[16]酢（zuò坐），酬劳。

[17]熯（nǎn喃），敬畏。

[18]工祝，太祝。

[19]赉（lài赖），赏赐。

[20]苾（bì必）芬，芬芳。

[21]匡，匡正。敕（chì斥），谨小慎微。

[22]皇，大。载，则。

[23]废彻，检点祭品。不迟，很麻利。

[24]备，齐备。燕私，私宴。

[25]将，美好。

[26]小大，大小长幼。稽首，叩头。

[27]替，改换。引，长。

信南山

【导读】

这是一首农业祭祀的乐歌。

【评介】

“《信南山》，刺幽王也。不能修成王之业，疆理天下，以奉禹功，故君子思古焉。”（《毛诗序》）

“《信南山》，王者烝祭也。”（方玉润《诗经原始》）

“《信南山》，盖为烝祭之乐歌。”（陈子展《诗经直解》）

“这首诗也是周王祭祖祈福的乐歌。”（程俊英《诗经译注》）

【原诗】	【译诗】
信彼南山[1]，	悠悠长长终南山，
维禹甸之[2]。	大禹开恳把石搬。
畇畇原隰[3]，	高田低地都平坦，
曾孙田之[4]。	曾孙种粮忙得欢。
我疆我理，	大量田界开水道，
南东其亩。	土地方正在东南。
上天同云，	冬季满天遮阴云，
雨雪雰雰[5]。	银色世界雪纷纷，
益之以霢霂[6]，	细雨丝丝在飘零。
既优既渥[7]，	雪水丰富又充分，
既沾既足，	土壤肥美好滋润，
生我百谷。	风调雨顺百谷生。

疆埸翼翼，　　　　疆界连片齐整整，
黍稷彧彧[8]。　　　小米高粱多茂盛。
曾孙之穑，　　　　曾孙收获米粮足，
以为酒食。　　　　酿酒做饭香喷喷，
畀我尸宾[9]，　　　奉献巫神与来宾，
寿考万年。　　　　长寿万年乐煞人。

中田有庐，　　　　田中草庐三两家，
疆埸有瓜，　　　　塍埂之旁种菜瓜。
是剥是菹[10]。　　　剥洗切削腌起来，
献之皇祖，　　　　敬献先祖把饭下。
曾孙寿考，　　　　曾孙亦是长寿人，
受天之祜[11]。　　　好人老天保佑他。

祭以清酒，　　　　祭祀清酒已运到，
从以骍牡[12]，　　　宰杀赤牛制佳肴，
享于祖考[13]。　　　献给先祖共魂销。
执其鸾刀，　　　　双手执掌金鸾刀，
以启其毛，　　　　分开公牛身上毛，
取其血膋[14]。　　　接住鲜血割脂膏。

是烝是享[15]，　　　好酒好肉都献上，
苾苾芬芬[16]，　　　香喷喷来喷喷香。
祀事孔明。　　　　祭祀大事很像样，
先祖是皇[17]，　　　先祖来临更堂皇。
报以介福，　　　　赐以洪福可齐天，
万寿无疆！　　　　许以万寿永无疆。

【注释】

[1]信，延伸。南山，终南山，在今陕西省西安市南边。

[2]禹，大禹。甸（diàn店），治理。

[3]畇（yún云）畇，均匀平整状。原，高原。隰（xí席），低地。

[4]曾孙，主祭者之代称。田，种植。

[5]雨雪，下雪。雰雰（fēn分），纷纷。

[6]益，增添。霢（mài迈）霂（mù木），小雨。

[7]优，充分。渥（wò握），浸湿。

[8]彧（yù玉）彧，郁郁葱葱。

[9]畀（bì闭），给予。尸，神巫。

[10]菹（zū租），腌咸菜。

[11]祜（hù户），福佑。

[12]骍（xīng星）牡，赤色公牛。

[13]祖，先祖。考，皇考，先父。

[14]膋（liáo辽），脂肪。

[15]烝（zhēng争）、享，进奉。

[16]苾苾（bì必）芬芬，香气氤氲。

[17]皇，驾临，来到。

小雅·甫田之什

甫　田

【导读】

这是一首周王祭神祈年的乐歌。

【评介】

“《甫田》，刺幽王也。君子伤今而思古焉。”（《毛诗序》）

“刺者刺其仓廪空虚，政烦赋重，农人失职。”（《笺》）

“此诗述公卿有田禄者，力于农事，以奉方社田祖之祭。”（朱熹《诗集传》）

“《甫田》，王者祈年因以省耕也。”“祭方社，祀田祖，皆所以祈甘雨，非报成也。”（方玉润《诗经原始》）

“《甫田》，当是王者春夏祈谷于上帝，祭方（四方之神）、祭社（后土之神）、祭田租（先农之神），以及时雩旱祷诸神之乐歌”（陈子展《诗经直解》）

“这是周王祭祀土地神、四方神和农神的祈年乐歌。”（程俊英《诗经译注》）

【原诗】	【译诗】
倬彼甫田[1]，	大田宽阔无边，
岁取十千。	年终收获万千。
我取其陈[2]，	取出去岁陈粮，
食我农人。	给我农户尝鲜。
自古有年。	丰收岁岁年年。

今适南亩，　　我到南田察看，
或耘或耔[3]。　　锄草施肥不闲，
黍稷薿薿[4]，　　小米高粱连片。
攸介攸止[5]，　　庄稼长大收获，
烝我髦士[6]。　　田农向我奉献。

以我齐明[7]，　　备好黍米高粱，
与我牺羊，　　备好公牛肥羊，
以社以方[8]。　　祭祀土神一方。
我田既臧，　　我之田地肥美，
农夫之庆。　　农夫喜庆欢畅。
琴瑟击鼓，　　击鼓弹琴奏瑟，
以御田祖[9]，　　迎接田神下降，
以祈甘雨，　　祈祷天降甘雨，
以介我稷黍，　　使我黍稷成长，
以穀我士女。　　保佑男女安康。

曾孙来止，　　曾孙巡视观看，
以其妇子。　　农妇孩童得见，
馌彼南亩[10]，　　送饭前往南田。
田畯至喜[11]。　　田官看到心喜，
攘其左右[12]，　　左右衣袖翻卷，
尝其旨否[13]。　　尝其菜饭味鲜。
禾易长亩，　　禾稼茂密无间，
终善且有，　　又好又多翩翩。
曾孙不怒，　　曾孙心喜不怒，
农夫克敏。　　农夫敏捷勤勉。

曾孙之稼，	要说曾孙稼粮，
如茨如梁[14]。	堆得高如屋梁。
曾孙之庾[15]，	要说曾孙囤粮，
如坻如京[16]。	如同丘陵山岗。
乃求千斯仓，	修造千余谷仓，
乃求万斯箱，	准备万余车厢。
黍稷稻粱。	盛装黍稷稻粱，
农夫之庆，	农夫喜气洋洋。
报以介福，	同享神赐洪福，
万寿无疆。	千秋万寿无疆。

【注释】

[1]倬（zhuō桌），宽敞。甫，大。

[2]陈，陈米。

[3]耘，除草。耔（zǐ子），培土。

[4]薿（nǐ你）薿，茂盛状。

[5]攸，就。介，生长。止，至。

[6]烝（zhēng争），进。髦（máo毛），俊美。

[7]齐，装满。明，盛装。

[8]以，用来。社，祭社神。方，祭四方。

[9]御（yà呀），迎接。四祖，田神，神农。

[10]馌（yè叶），送饭。

[11]田畯（jùn俊），田官。

[12]攘（ráng瓤），卷起。左右，指衣袖。

[13]旨否，是否好吃。

[14]茨（cí词），茅屋顶。

[15]庾（yǔ雨），粮囤。

[16]坻（chí池），小山丘。京，大山丘。

大田

【导读】

这是一首歌颂农事的乐歌。详细描述了农民选种、修器、播种、耕种、除草、灭虫，最后喜庆收获的全过程。

【评介】

“《大田》，刺幽王也。言矜寡不能自存焉。”（《毛诗序》）

“幽王之时，政烦赋重，而不务农事，虫灾害谷，风雨之时，万民饥馑，矜寡无所取活，故时臣思古以刺之。”（《笺》）

“此诗为农夫之词，以颂美其上，若以答前篇之意也。”（朱熹《诗集传》）

“《大田》，王者西成省敛也。”（方玉润《诗经原始》）

“《大田》，当是王者祈年报赛而祭祀田祖之乐歌。”（陈子展《诗经直解》）

“这是周王祭祀田祖以祈年的诗。”（程俊英《诗经译注》）

【原诗】	【译诗】
大田多稼，	大田庄稼稠密，
既种既戒，	选择修好农具，
既备乃事。	诸多事务完毕。
以我覃耜[1]，	我之犁头锋利，
俶载南亩[2]。	从那南田耕起。
播厥百谷，	撒播百谷种粒，
既庭且硕[3]，	嫩苗挺拔肥美，
曾孙是若。	曾孙好称心意。

既方既皂[4]，	谷物抽穗结实，
既坚既好，	坚硬饱满适宜，
不稂不莠[5]。	没有瘪壳稗粒。
去其螟螣[6]，	根除螟虫螣虫，
及其蟊贼[7]，	蟊虫贼虫无迹，
无害我田稚[8]。	不使幼苗被吃。
田祖有神，	土地爷全无敌，
秉畀炎火[9]。	害虫投火灭夷。

有渰萋萋[10]，	乌云浓浓密密，
兴雨祁祁[11]。	雨儿潇潇丝丝。
雨我公田，	好雨下在公田，
遂及我私。	飘洒在我私地。
彼有不获稚，	那边谷嫩未割，
此有不敛穧[12]。	这里禾未捆系。
彼有遗秉[13]，	彼有粮把漏遗，
此有滞穗，	此有穗落数支，
伊寡妇之利。	留待寡妇捡拾。

曾孙来止，	曾孙来到这里，
以其妇子，	农妇伴着孩子，
馌彼南亩[14]，	送饭前往南地，
田畯至喜。	田官看了心喜。
来方禋祀[15]，	丰收之时祭祀，
以其骍黑[16]，	黄牛黑猪献祭，
与其黍稷。	煮熟高粱小米。
以享以祀，	丰富祭品敬神，
以介景福。	求得洪福天齐。

【注释】

[1]覃（yǎn眼），锋利。耜（sì四），犁。

[2]俶（chù处）载，开始劳作。

[3]庭，挺拔。硕，肥壮。

[4]方，苞。皂（zào造），嫩谷。

[5]稂（láng郎），空穗。莠（yǒu友），稗草。

[6]螟（míng明）螣（tè特），害虫。

[7]蟊（máo毛）贼，吃禾苗的害虫。

[8]稚，嫩苗。

[9]秉畀（bì必），拿给。炎火，熊熊烈火。

[10]渰（yǎn眼），阴云浓重状。萋萋（qī七），清冷。

[11]祁祁，徐缓状。

[12]敛，收获，穧（jì计），禾把，

[13]遗秉，遗漏的禾把。

[14]馌（yè叶），送饭。

[15]禋（yīn因）祀，祭天焚礼品的活动。

[16]骍（xīng星）黑，指赤黄牛、黑色猪。

瞻彼洛矣

【导读】

这首诗记述周王迁都洛邑，会见诸侯，巡视六军，有赞美天子之意。

【评介】

“《瞻彼洛矣》，刺幽王也。思古明王能爵命诸侯，赏善罚恶焉，”（《毛诗序》）

“此天子会诸侯于东都以讲武事，而诸侯美天子之诗，言天子至此洛水之上，御戎服而起六师也。”（朱熹《诗集传》）

“《瞻彼洛矣》，当是周王会诸侯洛水之上，检阅六军之诗。”（陈子展《诗经直解》）

“这是周王会诸侯于东都洛阳，检阅六军，诸侯赞美周王的诗。”（程俊英《诗经译注》）

【原诗】	【译诗】
瞻彼洛矣[1]，	举目望洛水，
维水泱泱[2]。	水波荡悠悠。
君子至止，	国君驾临此，
福禄如茨[3]。	福禄茅茨厚。
韎韐有奭[4]，	皮裙红又亮，
以作六师。	六军齐奔走。
瞻彼洛矣，	举目望洛洲，
维水泱泱。	水花荡悠悠。
君子至止，	国君驾临此，
鞞琫有珌[5]。	刀鞘花饰镂。
君子万年，	国君万年寿，
保其家室。	王室保永久。
瞻彼洛矣，	举目洛水流，
维水泱泱。	水纹荡悠悠。
君子至止，	国君驾临此，
福禄既同。	天下同福禄。
君子万年，	国君万年寿，
保其家邦。	国家保长久。

【注释】

[1]洛，源于陕西省，从洛阳流人黄河。

[2]泱泱（yāng央），浩荡深广。

[3]茨（cí词），重重茅草堆积成的屋顶。

[4]韎（mèi妹）韐（gé革），皮裙。奭（shì式），赤红色。

[5]鞞（bǐ比），刀鞘。琫（běng绷），鞘上玉饰。珌（bì必），美好。

裳裳者华

【导读】

这首诗是周天子赞美诸侯。

【评介】

“《裳裳者华》，刺幽王也。古之仕者世禄，小人在位，则谗谄并进，弃贤者之类，绝功臣之世焉。”（《毛诗序》）

“此天子美诸侯之辞，盖以答《瞻彼洛矣》也。”（朱熹《诗集传》）

“《裳裳者华》，言周王进用世禄子孙之诗。此大奴隶主妄自颂其分封世禄制之善者也。”（陈子展《诗经直解》）

“这是周王赞美诸侯的诗。”（程俊英《诗经译注》）

【原诗】	【译诗】
裳裳者华[1]，	花朵鲜艳闪光，
其叶湑兮[2]。	绿叶郁郁苍苍。
我觏之子[3]，	有幸得见那人，
我心写兮[4]。	我心多么舒畅。

我心写兮，	我心多么舒畅，
是以有誉处兮[5]。	觅到安乐良方。
裳裳者华，	花朵鲜艳闪光，
芸其黄矣[6]。	缤纷花瓣金黄。
我觏之子，	有幸得见那人，
维其有章矣。	他可真是倜傥。
维其有章矣，	他可真是倜傥，
是以有庆矣。	实称喜庆非常。
裳裳者华，	花朵鲜艳闪光，
或黄或白。	粉白映衬金黄。
我觏之子，	有幸得见那人，
乘其四骆[7]。	驾驭四马雄壮。
乘其四骆，	驾驭四马雄壮，
六辔沃若[8]。	六根缰绳发亮。
左之左之，	向左向右转向，
君子宜之[9]。	能者样样顺畅。
右之右之，	向右向左转车，
君子有之。	能者事事擅长。
维其有之，	因其事事擅长，
是以似之。	才是本来模样。

【注释】

[1]裳裳，堂堂，明艳兴盛。

[2]湑（xǔ许），繁盛。

[3]觏（gòu构）看见。之子，这位君子。

[4]写，舒畅。
[5]誉，偷悦。处，安处。
[6]芸，芸芸，花事繁盛状。
[7]骆，黑尾白马。
[8]辔（pèi配），缰绳。沃若，润泽，油光光。
[9]宜，顺当。

桑扈

【导读】

这是周天子宴请诸侯时唱的乐歌，多赞美祝贺之词。

【评介】

“《桑扈》，刺幽王也。君臣上下，动无礼文焉。”（《毛诗序》）

“‘动无礼文’，举事而不用先王礼法威仪也。”（《笺》）

“此亦天子燕诸侯之诗。”“颂祷之辞也。言其所统之诸侯，皆以之为法也。”（朱熹《诗集传》）

“这是周王宴会诸侯的诗。”（程俊英《诗经译注》）

【原诗】	【译诗】
交交桑扈[1]，	青雀飞去又飞来，
有莺其羽。	七彩羽毛锦绣裁。
君子乐胥[2]，	贤德之人喜开怀，
受天之祜[3]。	天上降下福禄来。
交交桑扈，	青雀飞去又飞来，

有莺其领。　　七彩羽毛霓虹戴。
君子乐胥，　　贤德之人喜开怀，
万邦之屏[4]。　　万国屏障双肩抬。

之屏之翰[5]，　　屏障栋梁一身兼，
百辟为宪[6]。　　诸侯效法多光彩。
不戢不难，　　克己守礼又谦和，
受福不那。　　多福多禄受爱戴。

兕觥其觩[7]，　　牛角酒杯弯又弯，
旨酒思柔[8]。　　美酒清香扑胸怀。
彼交匪敖[9]，　　气度恭谨不骄傲，
万福来求。　　万般福分聚拢来。

【注释】

[1]交交，飞去飞来。一说为鸣叫声。桑扈（hù户），青雀。

[2]胥，语助词，犹“兮”字。

[3]祜（hù户），福。

[4]屏，屏障，靠山。

[5]翰，木柱，栋梁。

[6]百辟（bì必），诸侯。为宪，为榜样。

[7]兕觥（sì gōng 四工），牛角杯。觩（qiú求），弯曲状。

[8]旨，甜美。柔，柔和。

[9]彼，不。交，骄。敖，侮慢。

鸳　鸯

【导读】

这是贵族婚礼时所唱的乐歌，以鸳鸯起兴，喻婚姻美满。

【评介】

“《鸳鸯》，刺幽王也。思古明王交于万物有道，自奉养有节焉。”（《毛诗序》）

“‘交于万物有道’，谓顺其性，取之以时，不暴夭也。”（《笺》）

“此诸侯所以答《桑扈》也。”“亦颂祷之辞也。”（朱熹《诗集传》）

“《鸳鸯》，疑是颂祝贵族君子新婚之歌，具有歌谣风格。”（陈子展《诗经直解》）

“这是祝贺贵族新婚的诗。鸳鸯是成双成对的鸟，秣马是古代迎亲之礼，诗的起兴都与新婚有关。”（程俊英《诗经译注》）

【原诗】	【译诗】
鸳鸯于飞，	鸳鸯比翼双飞，
毕之罗之[1]。	罗网撒捕人围。
君子万年，	正人君子万岁，
福禄宜之。	安享福禄荟萃。
鸳鸯在梁[2]，	鸳鸯遨游鱼梁，
戢其左翼[3]。	喙儿埋进翅膀。
君子万年，	正人君子万岁，
宜其遐福[4]。	福份永久安享。

乘马在厩[5]，　　坐骑系在马厩，
摧之秣之[6]。　　粮草喂送不休。
君子万年，　　正人君子万岁，
福禄艾之[7]。　　福禄葆持永久。

乘马在厩，　　坐骑养在马厩，
秣之摧之。　　喂养粮草不休。
君子万年，　　君子贤人万寿，
福禄绥之[8]。　　福禄安享无忧。

【注释】

[1]毕、罗，捕鸟网。这里都做动词用。

[2]梁，拦鱼坝。

[3]戢（jí急），插，将嘴巴插进翅膀中。

[4]遐（xiá侠）福，长远之福。

[5]厩（jiù旧），马棚。

[6]摧（cuò错），通“莝”，铡草。秣（mò末），喂马。

[7]艾，养，享。

[8]绥（suí随），安享。

頍　弁

【导读】

这首诗描写周天子宴请兄弟族人。

【评介】

“《頍弁》，诸公刺幽王也。暴戾无亲，不能宴乐同姓，亲睦九族，孤危将亡，故作是诗也。”（《毛诗序》）

“此亦燕兄弟亲戚之诗。”（朱熹《诗集传》）

“《頍弁》，言西周末年王室宴乐同姓诸臣之诗，当是与宴诸公中之贵族诗人所作。”（陈子展《诗经直解》）

“这是写周王宴请兄弟亲戚的诗。诗中以寄生草依赖于松柏，比喻贵族依赖于周王。末章反映了西周末年统治集团对国家前途悲观失望和及时行乐的心情。”（程俊英《诗经译注》）

【原诗】	【译诗】
有頍者弁[1]，	皮帽尖尖顶，
实维伊何？	究竟是何因？
尔酒既旨，	你酒很甘甜，
尔肴既嘉[2]。	菜肴甚丰盛。
岂伊异人[3]？	难道是外人？
兄弟匪他。	兄弟同胞亲。
茑与女萝[4]，	茑丝与女萝，
施于松柏。	攀于松柏身。
未见君子，	未见贵人时，
忧心奕奕[5]。	戚戚满忧心。
既见君子，	见到贵人面，
庶几说怿[6]。	这才转开心。
有頍者弁，	皮帽尖尖顶，
实维何期？	究竟为何情？
尔酒既旨，	你酒甚甘醇，
尔肴既时[7]。	菜肴皆时新。

岂伊异人？	难道是外人？
兄弟具来[8]。	兄弟俱来临。
茑与女萝，	茑丝与女萝，
施于松上。	攀附松树身。
未见君子，	未见贵人时，
忧心怲怲[9]。	惆怅满忧心。
既见君子，	得见贵人面，
庶几有臧。	这才是好运。

有頍者弁，	皮帽尖尖顶，
实维在首。	头上端正擎。
尔酒既旨，	你酒真甘醇，
尔肴既阜[10]。	菜肴数不清。
岂伊异人？	难道是外人？
兄弟甥舅。	兄弟与舅甥。
如彼雨雪，	如同下大雪，
先集维霰[11]。	雪珠先飘零。
死丧无日，	死丧有时至，
无几相见。	难聚叙天伦。
乐酒今夕，	今宵酒席欢，
君子维宴。	诸君各尽兴。

【注释】

[1]頍（kuǐ傀）、帽顶尖尖状。弁（biàn变），皮帽。

[2]肴，菜肴。肴的本义是肉食。

[3]异人，他人。

[4]茑（niǎo鸟）、女萝，都是攀援在树上的草本植物。

[5]弈弈（yì艺），忧心的样子。

[6]庶几，将近。说怿，悦怿（yì艺），喜欢。
[7]时，时新。一说为善、好的意思。
[8]具来，俱来。
[9]怲怲（bǐng丙），十分忧愁的样子。
[10]阜（fù富），多，盛。
[11]霰（xiàn现），雪珠。

车　舝

【导读】

这首诗描写新郎迎娶新娘途中的心情，新娘德荣兼备，新郎满心欢喜。

【评介】

"《车舝》，大夫诸公刺幽王也。褒姒嫉妒，无道并进，谗巧败国，德泽不加于民。周人思得贤女以配君子，故作是诗也。"（《毛诗序》）

"此燕乐其新婚之诗。故言间关，然设此车舝着，盖思彼娈然之季女，故乘此车往而迎之也。"（朱熹《诗集传》）

"《车舝》，如其不是思得贤女以配君子，便是诗人自道求女之诗。"（陈子展《诗经直解》）

"这是一位诗人在迎娶途中作的诗。"（程俊英《诗经译注》）

【原诗】	【译诗】
间关车之舝兮[1]，	车轴嘎嘎叫得欢，
思娈季女逝兮[2]。	少女出嫁天仙般。
匪饥匪渴，	既不饥来又不渴，

德音来括。　　贤德男女情缠绵。
虽无好友，　　虽然婚宴无挚友，
式燕且喜[3]。　　宾客相逢笑语喧。

依彼平林，　　平原树林郁葱葱，
有集维鹞[4]。　　锦鸡栖息长尾动。
辰彼硕女[5]，　　美丽丰满新娘子，
令德来教。　　贤德教化好稳重。
式燕且誉，　　酒宴宾客齐赞颂，
好尔无射[6]。　　痴情不改衷心慕。

虽无旨酒，　　虽说酒水不贵重，
式饮庶几[7]。　　来宾尽兴喝几盅。
虽无嘉肴，　　虽然菜肴不好吃，
式食庶几。　　大家吃饱是友朋。
虽无德与女，　　虽说婚宴很一般，
式歌且舞。　　共唱群舞乐无穷。

陟彼高冈，　　一路攀登山冈高，
析其柞薪。　　砍倒柞树当柴烧。
析其柞薪，　　砍倒柞树当柴烧，
其叶湑兮[8]。　　柞叶青青在树梢。
鲜我觏尔[9]，　　这样人儿世间少，
我心写兮[10]。　　我心欢悦好逍遥。

高山仰止，　　高山必须仰头瞧，
景行行止[11]。　　大道才能驱车跑。
四牡騑騑[12]，　　四匹马儿快如风，

六辔如琴[13]。　　　　六根缰绳如弦调。
觏尔新婚，　　　　如意新婚相见好，
以慰我心。　　　　我心宽慰兴致高。

【注释】

[1]间关，车行时的响声。辖（xiá侠），车轴两端的铁键。

[2]思，发语词。娈（luán峦），美好。季女，少女。逝，去，出嫁。

[3]燕，宴饮。

[4]集，栖息。鹬（jiāo交），野鸡。

[5]辰，美善。硕女，硕大之美女。

[6]好，喜欢。尔，你，指季女。射（yì义），厌。

[7]式，发语词。饮，饮酒。庶几，一些。

[8]湑（xǔ许），嫩生生。

[9]鲜，少。一说为善。觏（gòu构），看到。

[10]写，舒畅

[11]景行，大道。行，行走。

[12]骓（fēi飞）骓，疾行不止状。

[13]辔（pèi配），缰绳。如琴，如琴弦。琴有六根弦。

青　蝇

【导读】

这首诗以青蝇喻搬弄是非的小人，规劝君王不要被谗言所迷惑。

【评介】

“《青蝇》，大夫刺幽王也。”（《毛诗序》）

“诗人以王好听谗言，故以青绳飞声比之，而戒王以勿听也。”（朱熹《诗集传》）

“这是一首斥责谗人害人祸国的诗。”（程俊英《诗经译注》）

【原诗】	【译诗】
营营青蝇[1]，	苍蝇嗡嗡响，
止于樊[2]。	停在篱笆上。
岂弟君子[3]，	平和之好人，
无信谗言。	不信谗言诳。
营营青蝇，	苍蝇嗡嗡唱，
止于棘。	歇在棘篱旁。
谗人罔极，	造谣无休止，
交乱四国[4]。	捣乱遍四方。
营营青蝇，	苍蝇嗡嗡吟，
止于榛。	叮在榛篱旁。
谗人罔极，	造谣无休止，
构我二人[5]。	挑拨咱哥俩。

【注释】

[1]营营，嗡嗡声。

[2]止，停歇。樊（fán凡），樊篱。

[3]岂弟（kǎi tì 凯替），和颜悦色。

[4]交乱，整体搅乱。四国，四方之国。

[5]构，陷害。

宾之初筵

【导读】

这首诗描写贵族宴会时奢华的场面，贵族们骄奢淫逸，纵酒无度，丑态百出。

【评介】

"《宾之初筵》，卫武公刺时也。幽王荒废，媟近小人，饮酒无度，天下化之。君臣上下沉湎淫液，武公既入而作是诗也。"（《毛诗序》）

"淫液者，饮食时情态也。武公入者，入为王卿士。"（《笺》）

"卫武工饮酒悔过而作诗。"（朱熹《诗集传》）

"《宾之初筵》，卫武公入为王朝卿士，眼见君臣上下饮酒无度，陈古以刺今，自儆以刺时之作。"（陈子展《诗经直解》）

"这是讽刺统治者饮酒无度失礼败德的诗。"（程俊英《诗经译注》）

【原诗】	【译诗】
宾之初筵，	宾客起初入席，
左右秩秩[1]。	左右秩序整齐。
笾豆有楚[2]，	杯盘摆列成行，
肴核维旅[3]。	菜果层层堆积。
酒既和旨，	美酒甘甜醇厚，
饮酒孔偕。	举杯和谐安逸。
钟鼓既设，	钟儿鼓儿设立，
举酬逸逸[4]。	彼此敬酒不息。
大侯既抗[5]，	硕大箭靶竖起，

弓矢斯张。	箭在弦上势急。
射夫既同[6]，	神射箭手云集，
献尔发功。	人人逞其本事。
发彼有的[7]，	箭箭射中靶心，
以祈尔爵。	求得赏酒满溢。
籥舞笙鼓[8]，	伴着笙鼓舞箫，
乐既和奏。	乐器合奏整齐。
烝衎烈祖[9]，	娱乐敬奉先祖，
以洽百礼。	百般祭品皆齐。
百礼既至，	百般祭品既至，
有壬有林[10]。	琳琅满目如仪。
锡尔纯嘏[11]，	神赐广大福气，
子孙其湛[12]。	子孙后代欢喜。
其湛曰乐，	人人快乐欢喜，
各奏尔能。	各把箭术显示。
宾载手仇[13]，	宾客各找对手，
室人入又[14]。	主人再陪比试。
酌彼康爵[15]，	斟满大杯祝贺，
以奏尔时。	良辰比射吉利。
宾之初筵，	宾客起初入席，
温温其恭。	温雅慕敬日礼。
其未醉止，	当其未醉之时，
威仪反反[16]。	举止多有威仪。
曰既醉止，	当他已醉之后，
威仪幡幡[17]。	失态轻狂无仪。
舍其坐迁，	竟自离开坐席，

屡舞仙仙[18]。　　胡乱跳舞卖力。
其未醉止，　　当其未醉之时，
威仪抑抑[19]。　　仪态威武无比。
曰既醉止，　　当他已醉之后，
威仪怭怭[20]。　　举止仪态失礼。
是曰既醉，　　此为醉鬼行径，
不知其秩。　　不守体面秩序。

宾既醉止，　　宾客既然喝醉，
载号载呶[21]。　　叫喊歌呼不已。
乱我笾豆，　　搅得杯盘狼藉，
屡舞僛僛[22]。　　群魔乱舞不止。
是曰既醉，　　此为醉鬼行径，
不知其邮[23]。　　不知体面羞耻。
侧弁之俄[24]，　　歪着帽儿滑稽，
屡舞傞傞[25]。　　再三盘旋作揖。
既醉而出，　　亦有醉而不出，
并受其福。　　此为缺德赖皮。
醉而不出，　　醉而不肯离席，
是谓伐德[26]。　　终为失德无仪。
饮酒孔嘉，　　饮酒本是好事，
维其令仪。　　终要保持威仪。

凡此饮酒，　　总之饮酒设席，
或醉或否。　　或醉或醒不一。
既立之监[27]，　　既有监酒设立，
或佐之史[28]。　　亦增史官助力。
彼醉不臧[29]，　　酗酒感觉不好，

不醉反耻。　　反称不醉可耻。
式勿从谓，　　随人劝酒不必，
无俾大怠[30]。　　勿使导致大忌。
匪言勿言，　　不该说者不说，
匪由勿语[31]。　　说话要有道理。
由醉之言，　　趁着酒意乱讲，
俾出童羖[32]。　　没角公羊赔礼。
三爵不识，　　三杯丧失记忆，
矧敢多又[33]！　　哪敢再将杯提。

【注释】

[1]秩秩，有秩序的样子。

[2]笾（biān边）、豆，盛素食、肉食的器具。楚，整齐有序状。

[3]肴，荤菜。核，果品。旅，众多。

[4]举酬，举杯敬酒。逸逸，绎绎，不间断。

[5]侯，箭靶。抗，竖起。

[6]射夫，射手。同，汇聚。

[7]发，发箭。有的，射中靶心。

[8]籥（yuè跃），吹奏乐器。

[9]烝（zhēng争），进。衎（kàn看），娱乐。烈祖，创业之祖。

[10]壬（rén看人），大。林，林林总总。

[11]锡，赐。纯嘏（gǔ古），洪福。

[12]湛（dān丹），喜悦。

[13]手，选取。仇，比武射箭的对手。

[14]室人，主人。入又，又进入射箭场。

[15]康爵，大杯盏。

[16]反反（bǎn板），庄重谨慎状。

[17]幡幡（fān帆），轻浮状。

[18]仙仙，轻飘飘。

[19]抑抑，慎密。

[20]怭（bì必）怭，矜持自满。

[21]号，叫号，呶（náo挠），喧闹。

[22]僛（qī妻）僛，倾斜状。

[23]邮，尤，过犯。

[24]侧弁（biàn变），歪着帽子。俄，斜。

[25]傞（suō梭）傞，盘旋不休。

[26]伐德，败德，失德。

[27]监，监酒。

[28]佐，帮助。史，记事者。

[29]臧，善，好。

[30]俾（bǐ比），使。怠，怠慢。

[31]由，事由，理由。

[32]童，秃。羖（gǔ古），黑公羊。童羖，指公羊无角。

[33]矧（shěn审），况且。又，侑，劝酒。

小雅·鱼藻之什

鱼　藻

【导读】

这是一首诸侯赞美周天子的颂歌。

【评介】

“《鱼藻》，刺幽王也。言万物失其性，王居镐京，将不能以自乐，故君子思古之武王焉。”（《毛诗序》）

“‘万物失其性’者，王政教衰，阴阳不和，群生不得其所也。‘将不能以自乐’，言必自是有危亡之祸。”（《笺》）

“此天子燕诸侯，而诸侯美天子之诗也。”（朱熹《诗集传》）

“《鱼藻》，盖刺周王高居镐京饮酒作乐之诗。”（陈子展《诗经直解》）

“这是赞美周王在镐宴饮安乐的诗。”（程俊英《诗经译注》）

【原诗】	【译诗】
鱼在在藻，	鱼儿游在水藻中，
有颁其首[1]。	大头偶尔露峥嵘。
王在在镐[2]，	君王镐京百物丰，
岂乐饮酒[3]。	快乐逍遥捧酒盅。
鱼在在藻，	鱼儿游在水藻中，
有莘其尾[4]。	尾巴长长生意浓。
王在在镐，	君王镐京百物丰，
饮酒乐岂。	举杯痛饮乐无穷。

鱼在在藻，	鱼儿游在鱼藻中，
依于其蒲。	贴着蒲草水花涌。
王在在镐，	君王镐京百物丰，
有那其居[5]。	安享幸福于深宫。

【注释】

[1]颁（fén焚），头大。

[2]王，周王。镐（hào号），镐京，西周王城，在今陕西省西安市之西。

[3]岂（kǎi凯）乐，快乐。

[4]莘（shēn身），长。

[5]那（nuó挪），平安。

采　菽

【导读】

这首诗是周天子赏赐、赞美前来朝见的诸侯。

【评介】

“《采菽》，刺幽王也。侮慢诸侯，诸侯来朝，不能锡命。以礼数征会之，而无信义。君子见微而思古焉。”（《毛诗序》）

“此天子所以答《鱼藻》”（朱熹《诗集传》）

“《采菽》，述诸侯来朝，王赐车马衣服之作。”（陈子展《诗经直解》）

“这是赞美诸侯来朝，周王赏赐诸侯的诗。”（程俊英《诗经译注》）

[10]届，来到。

[11]赤芾（fú扶），红围裙。

[12]邪幅，绑腿。

[13]彼，不。交，急。纾。缓慢。

[14]殿，镇守。

[15]攸（yōu优），所。

[16]泛泛，漂荡状。

[17]绋（fú弗），麻绳。缡（lí离），竹索。维，准系。

[18]葵，衡量。

[19]膍（pí皮），厚。本处指厚赏。

[20]戾（lì力），安定。

角弓

【导读】

这首诗指责周天子近佞臣，好谗言，使兄弟疏远，产生矛盾。诗中使用生动贴切的比喻，来说明天子失德，必然上行下效，世风日下。

【评介】

“《角弓》，父兄刺幽王也。不亲九族而好谗佞，骨肉相怨，故作是诗也。”（《毛诗序》）

“此刺王不亲九族而好谗佞，使宗族相怨之诗。”（朱熹《诗集传》）

“《角弓》，盖王室父兄刺好近谗佞小人，不亲九族，而骨肉相怨之诗。”（陈子展《诗经直解》）

“这是劝告王朝贵族不要疏远兄弟亲戚而亲近小人的诗。”（程俊英《诗经译注》）

【原诗】	【译诗】
骍骍角弓[1]，	弓弦调和好角弓，
翩其反矣[2]。	角弓外翻弦儿松。
兄弟婚姻，	骨肉兄弟与姻亲，
无胥远矣[3]。	不要疏远关系松。
尔之远矣，	你若疏远亲眷们，
民胥然矣。	大家热脸也会冷。
尔之教矣，	你若教人这等做，
民胥效矣。	大家也会如此行。
此令兄弟[4]，	这些友善兄弟们，
绰绰有裕。	相处宽松又和融。
不令兄弟，	那些不和兄弟们，
交相为瘉[5]。	彼此诟病好惨痛。
民之无良，	多少人们不善良，
相怨一方。	彼此相怨另一方。
受爵不让，	争受爵位不相让，
至于已斯亡[6]。	最终只能一命亡。
老马反为驹，	老马反成马驹样，
不顾其后。	以致后果未提防。
如食宜饇[7]，	就象吃饱还添饭，
如酌孔取[8]。	如同醉后把酒上。
毋教猱升木，	猴子爬树不用教，
如涂涂附[9]。	泥巴糊壁贴得牢。

君子有徽猷[10]，	大人如若有美政，
小人与属。	小老百姓跟着跑。
雨雪瀌瀌[11]，	天上大雪纷纷下，
见晛曰消[12]。	一晒太阳全融化。
莫肯下遗[13]，	不肯下顾降恩德，
式居娄骄[14]。	自居高位骄傲大。
雨雪浮浮，	天上下雪大如球，
见晛曰流。	见到太阳化水流。
如蛮如髦[15]，	许多小人如蛮夷，
我是用忧。	我为朝政直发愁。

【注释】

[1]骍（xīng星）骍，调和状。角弓，镶角之弓。

[2]翩，偏。反，弦松后，弓向反方向翻卷。

[3]胥，疏。

[4]此令兄弟，这等友善的兄弟们

[5]瘉（yù玉），病痛。

[6]至于已，到了自己头上。亡，忘。

[7]饫（yù玉），饱。

[8]酌，酌酒。孔取，多倒酒。

[9]涂，泥巴。涂附，涂抹。

[10]徽，美。猷（yóu尤），道。

[11]雨雪，下雪。瀌（biāo标）瀌，飘飘，雪盛状。

[12]晛（xiàn现），日光。消，消融。

[13]遗，随顺。

[14]居，倨傲。娄，屡次。

[15]髦（máo毛），西南部族。

菀　柳

【导读】

这首诗讽刺周幽王喜怒无常，暴虐无道，劝诫大家不要靠近他。

【评介】

“《菀柳》，刺幽王也。暴虐无亲而刑罚不中，诸侯皆不欲朝，言王者之不可朝事业。”（《毛诗序》）

“王者暴虐，诸侯不朝，而作此诗。”（朱熹《诗集传》）

“《菀柳》，言王者之不可朝，诸侯皆不敢朝之诗。”（陈子展《诗经直解》）

“这是一个被周王流放的大臣的怨诗。”（程俊英《诗经译注》）

【原诗】	【译诗】
有菀者柳[1]，	柳树枯萎余荫少，
不尚息焉[2]？	下面不可休息好。
上帝甚蹈[3]，	上帝性情很急躁，
无自暱焉[4]。	不要自把苦头找。
俾予靖之[5]，	起初邀我辅朝政，
后予极焉[6]。	后来害我四方逃。
有菀者柳，	柳树枯萎余荫少，
不尚愒焉[7]？	下面不能歇息好。
上帝甚蹈，	上帝性情很急躁，
无自瘵焉[8]。	不可自把灾祸讨。
俾予靖之，	当初请我理国事，
后予迈焉。	后来贬我到边哨。

有鸟高飞，	鸟儿空中飞得高，
亦傅于天。	蓝天白云任翔翱。
彼人之心，	那人心事不可测，
于何其臻[9]？	苛刻标准难达到。
曷予靖之？	为何让我办政事，
居以凶矜[10]。	却使我把凶险遭？

【注释】

[1]菀（yù玉），枯萎。

[2]不尚，不可。

[3]蹈，喜怒无常。

[4]暱（nì溺），病。

[5]俾（bǐ比），使。靖，治理。

[6]予极，极予，送我到边疆，放逐我。下文“予迈"，意同。

[7]愒（qì气），休息。

[8]瘵（zhài债），病。

[9]臻（zhēn针），达到。

[10]矜（jīn今），凶险。

都人士

【导读】

这首诗写情人之间的互相思念，也有认为是东迁之后怀念故都旧友。

【评介】

“《都人士》，周人刺衣服无常也。古者长民，衣服不贰，从容有

常，以齐其民，则民德归壹。伤今不复见古人也。”（《毛诗序》）

“乱离之后，人不复见昔日都邑之盛，人物仪容之美，而作此诗，以叹惜之也。”（朱熹《诗集传》）

“《都人士》，平王东迁，周人思西周之盛，不胜今昔盛衰之感。此属于乱世之音，亡国之音一类作品。”（陈子展《诗经直解》）

“这是周都的一首恋歌。”（程俊英《诗经译注》）

【原诗】	【译诗】
彼都人士[1]，	那位男士真漂亮，
狐裘黄黄。	身披狐裘颜色黄。
其容不改，	面不改色好安详，
出言有章。	话语出口便成章。
行归于周[2]，	行为举止忠诚相，
万民所望。	千家万户齐仰望。
彼都人士，	那位男士真漂亮，
台笠缁撮[3]。	布冠草笠戴头上。
彼君子女，	那位大家闺秀美，
绸直如发[4]。	黑发密密直又长。
我不见兮，	如今难见这景象，
我心不说[5]。	我心抑郁不欢畅。
彼都人士，	那位男士真漂亮，
充耳琇实[6]。	宝石耳坠闪闪亮。
彼君子女，	那位大家女郎美，
谓之尹吉[7]。	尹吉之女有声望。
我不见兮，	如今难睹这模样，
我心苑结。	我心打结不舒畅。

彼都人士，　　　　　　那位男士真漂亮，
垂带而厉[8]。　　　　　冠带飘飘长又长。
彼君子女，　　　　　　那位大家女郎美，
卷发如虿[9]。　　　　　鬓发卷曲如虿样。
我不见兮，　　　　　　不能看清这面相。
言从之迈。　　　　　　真想紧跟跑一趟。

匪伊垂之，　　　　　　不是他要把带垂，
带则有余。　　　　　　冠带本身长又长。
匪伊卷之，　　　　　　不是她要把发卷，
发则有旟[10]。　　　　　天生卷发临风扬。
我不见兮，　　　　　　不能得见天人样，
云何盱矣！　　　　　　长吁短叹低头想。

【注释】

[1]都，美。

[2]周，忠信。

[3]台通薹，薹草又叫莎草。台笠，莎草所编斗笠。缁（zī资）撮，黑帽。

[4]绸，头发茂密。

[5]说，悦。

[6]充耳，帽带所垂用来塞耳的玉石。琇（xiù秀），美玉石。实，坚实。

[7]尹吉，尹氏、吉氏。

[8]厉，长带飘然状。

[9]虿（chài瘥），蝎子。蝎尾上翘，有如卷发。

[10]旟（yú于），飘扬。

采　绿

【导读】

这首诗妻子思念远行的丈夫，无心劳作，不饰妆容；她想象着丈夫归来，与他形影相随，片刻也不分离。

【评介】

“《采绿》，刺怨旷也。幽王之时，多怨旷者也。”（《毛诗序》）

“《采绿》，君子于役，过期不归，妇人怨思之作。”（陈子展《诗经直解》）

“诗中的女主人公因为丈夫出门，过期不归，心里愁闷难遣。她下了决心，等丈夫回来以后，无论打猎钓鱼，都跟他在一块儿，再也不离开了。”（余冠英《诗经选译》）

“这是一位妇女思念外出的丈夫的诗。丈夫逾期不返，她无心采绿采蓝，也无心打扮。她想象如果丈夫回来，就赶紧洗发欢迎，陪他打猎钓鱼，时刻跟他在一起不相分离。”（程俊英《诗经译注》）

【原诗】	【译诗】
终朝采绿，	整个早上采荩草，
不盈一匊[1]。	纤手捧住尚不够。
予发曲局[2]，	我的头发弯又皱，
薄言归沐。	回家之后去洗梳。
终朝采蓝，	整个早晨采蓝草，
不盈一襜[3]。	撩衣一兜尚不够。
五日为期，	约好五日就见面，

六日不詹[4]。　　六天不来我心忧。

之子于狩，　　男儿他要把猎狩，
言韔其弓[5]。　　我为郎把弓箭兜。
之子于钓，　　男儿他要去垂钓，
言纶之绳[6]。　　我为郎把丝线收。

其钓维何？　　我郎钓到什么鱼？
维鲂及鱮[7]。　　花鲢鳊鱼头碰头。
维鲂及鱮，　　他钓花鲢与鳊鱼，
薄言观者。　　姑娘观看意绸缪。

【注释】

[1]匊（jū居），两手合捧。

[2]曲局，卷曲，乱糟糟。

[3]襜（chān搀），衣襟。

[4]詹（zhān沾），至。

[5]韔（chàng唱），弓袋。

[6]纶（lún轮），理丝线。

[7]鲂（fáng房），鳊鱼。鱮（xù序），鲢鱼。

黍　苗

【导读】

这首诗赞美召伯成功地修建谢邑。

【评介】

“《黍苗》，刺幽王也。不能膏润天下，卿士不能行召伯之职焉。”（《毛诗序》）

“陈宣王之德、召伯之功，以刺幽王及其群臣废此恩泽事业也。”（《笺》）

“宣王封申伯于谢，命召穆公往营城邑，故将徒役南行。而行者作此，言‘芃芃黍苗’，则唯阴雨能膏之，‘悠悠南行’，则唯召伯能劳之也。”（朱熹《诗集传》）

“三家说曰：‘召伯述职，劳来诸侯也。’”（[清]王先谦《诗三家义集疏》）

“《黍苗》，诗人叙述召穆公营治谢邑之作。与《大雅》之申伯入谢，同时所作，皆宣王全盛时诗。”（陈子展《诗经直解》）

“周宣王封他的母舅于申，命召伯虎带领官兵，装载货物，经营申地，建筑谢城，作为国都。这首诗就是随从召伯建设中国的人完成任务后在归途中所唱的歌。”（程俊英《诗经译注》）

【原诗】	【译诗】
芃芃黍苗[1]，	黍苗多么繁盛，
阴雨膏之[2]。	绵绵阴雨滋润。
悠悠南行，	遥远南行之人，
召伯劳之[3]。	召伯嘉许慰问。
我任我辇[4]，	或挑担，或拉车，
我车我牛。	或驾马，或赶牛。
我行既集，	我们工程完工，
盖云归哉！	大家返乡上路。
我徒我御[5]，	你步行，我驾马，

我师我旅。　　师旅编队出发。
我行既集，　　我们工程完工，
盖云归处！　　大家返乡回家。

肃肃谢功[6]，　　谢邑城防凛然，
召伯营之。　　召伯构筑营盘。
烈烈征师[7]，　　大军威风凛凛，
召伯成之。　　召伯军令如山。

原隰既平[8]，　　高坡低地一铲平，
泉流既清。　　水道疏浚泉水清。
召伯有成，　　召伯大功告成，
王心则宁[9]。　　君王心里安宁。

【注释】

[1]芃（péng蓬）芃，茁壮而茂盛。

[2]膏，湿润。

[3]召伯，姬虎封于召国，故称召伯。从周厉王时代始，起任为三朝老臣。

[4]任，挑。辇（niǎn捻），拉车。

[5]徒，徒步步行。御，驾车。

[6]肃肃，坚实威严。谢，谢邑，在今河南信阳。功，工程。

[7]烈烈，威威赫赫之状.

[8]原隰（xí席），高田低地。

[9]王，指周宣王。

隰桑

【导读】

这首诗写女子向心上人倾诉爱慕之意，以桑之美喻男子的美好。也有认为是妻子怀念离家的丈夫。

【评介】

“《隰桑》，刺幽王也。小人在位，君子在野，思见君子，尽心以事之。”（《毛诗序》）

“此喜见君子之诗。”（朱熹《诗集传》）

“这是一位妇女思念丈夫的诗。”（程俊英《诗经译注》）

【原诗】	【译诗】
隰桑有阿[1]，	洼地桑树婀娜，
其叶有难[2]。	树大枝繁叶多。
既见君子，	看见那位男儿，
其乐如何？	我心何等快乐！
隰桑有阿，	洼地桑树婀娜，
其叶有沃。	绿叶滋润肥沃。
既见君子，	看见那位男儿，
云何不乐？	奴家怎不快活？
隰桑有阿，	洼地桑树婀娜，
其叶有幽[3]。	绿叶黝黝肥沃。
既见君子，	看见那位男儿，
德音孔胶[4]。	彼此情意绸缪。

心乎爱矣，　　　我心爱你实太多，
遐不谓矣[5]？　　为何一向未曾说？
中心藏之，　　　深深埋藏在心底，
何日忘之？　　　哪有一日忘记过？

【注释】

[1]隰（xí习），低湿地。阿通“婀”，婀娜柔美。

[2]难（nuó挪），繁茂。

[3]幽，黝，青黑色。

[4]孔胶，很牢固。

[5]遐，何不。谓，说出。

白　华

【导读】

这是一首弃妇诗，历来认为是写申后之怨。周幽王娶申女为后，后因宠幸褒姒而废后。

【评介】

“《白华》，周人刺幽后也。幽王取申女以为后，又得褒姒而黜申后，故下国化之，以妾为妻，以孽代宗，而王弗能治。周人为之作是诗也。”（《毛诗序》）

“幽王娶申女以为后，又得褒姒而黜申后，故申后作此诗。”（朱熹《诗集传》）

“《白华》，刺幽王宠褒姒，废申后之诗。诗用第一人称，似出申后口吻。”（陈子展《诗经直解》）

“这是女子怀念爱人的诗。爱人远去，朝思暮想，埋怨他、怀疑他、恨他、骂他，但是不能不想他。”（余冠英《诗经选译》）

“这是一首贵族弃妇的怨诗。”（程俊英《诗经译注》）

【原诗】	【译诗】
白华菅兮[1]，	菅草开白花，
白茅束兮。	白茅捆住它。
之子之远，	男人疏远我，
俾我独兮。	使我守孤寡。
英英白云，	白云淡淡飘，
露彼菅茅。	露珠湿菅茅。
天步艰难[2]，	老天苦雨浇，
之子不犹[3]。	男人把我抛。
滮池北流[4]，	滤池水北流，
浸彼稻田。	浸湿稻田畴。
啸歌伤怀，	伤心长啸吼，
念彼硕人。	壮男在心头。
樵彼桑薪，	砍桑当柴烧，
卬烘于煁[5]。	我把火来烤。
维彼硕人，	总因壮男好，
实劳我心。	使我心烦恼。
鼓钟于宫，	鼓钟宫内捶，
声闻于外。	宫外声音飞。
念子懆懆[6]，	想男心烦躁，

视我迈迈[7]。　　他将我诋毁。

有鹙在梁[8]，　　秃鹫在鱼梁，
有鹤在林。　　白鹤林中藏。
维彼硕人，　　是那壮男人，
实劳我心。　　令我心悲伤。

鸳鸯在梁，　　鸳鸯游鱼梁，
戢其左翼[9]。　　嘴啄左翅膀。
之子无良，　　男人不善良，
二三其德。　　反复变心肠。

有扁斯石，　　扁石铺地面，
履之卑兮。　　踩踏太卑贱。
之子之远，　　男人遗弃我，
俾我疷兮[10]。　　使我心病添。

【注释】

[1]华，花。菅（jiān尖），茅草。

[2]天步，命运。

[3]不犹，不可，不好。

[4]滮（biāo标）池，在今西安西北。

[5]卬（áng昂），我。煁（shén神），可移动的灶。

[6]懆（cǎo草）懆，不安。躁动状。

[7]迈迈，恨怒。

[8]鹙（qiū秋），秃鹫。梁，拦鱼坝。

[9]戢（jí急），将嘴插到翅中去。

[10]俾（bǐ比），使。疷（qí奇），病。

绵 蛮

【导读】

这首诗写行役之人于奔波劳碌之中得人帮助，感激不尽。

【评介】

“《绵蛮》，微臣刺乱也。大臣不用仁心，遗忘微贱，不肯饮食教载之，故作是诗也。”（《毛诗序》）

“此微贱劳苦，而思有所托着，为鸟言以自比也。”（朱熹《诗集传》）

“《绵蛮》，言大臣不仁，遗忘微贱，微臣刺乱之作。”（陈子展《诗经直解》）

“这是一位行役的人路遇一位大臣，二人之间对唱的诗。”（程俊英《诗经译注》）

【原诗】	【译诗】
绵蛮黄鸟[1]，	黄鸟叽叽咕咕，
止于丘阿[2]。	歇落山丘之窝。
道之云远，	道路无比漫长，
我劳如何！	如何辛劳奔波？
饮之食之，	“给他吃饱喝足，
教之诲之。	教诲鼓励须多。
命彼后车，	要那后面车儿，
谓之载之。	请他车上去坐。”
绵蛮黄鸟，	叽叽咕咕黄鸟，
止于丘隅。	歇落山丘之角。

岂敢惮行[3]？	岂敢不走远路，
畏不能趋。	只怕掉队不好。
饮之食之，	“给他吃饱喝足，
教之诲之。	教诲鼓励亦要。
命彼后车，	请那后面车儿，
谓之载之。	让他上去歇脚。”

绵蛮黄鸟，	黄鸟咕咕叽叽，
止于丘侧。	歇落山丘侧际。
岂敢惮行？	焉敢不走远路，
畏不能极[4]。	只怕难以到底。
饮之食之，	“给他吃饱喝足，
教之诲之，	给他教诲鼓励，
命彼后车，	要那后面车儿，
谓之载之。	让他歇坐车席。”

【注释】

[1]绵蛮，呢喃，叽咕声。

[2]丘阿（ē婀），山丘弯曲处。

[3]惮（dàn但），怕。

[4]极，到达。

瓠　叶

【导读】

这是一首宴饮时的乐歌，君子准备了美酒佳肴款待朋友。

【评介】

“《瓠叶》，大夫刺幽王也。上弃礼而不能行，虽有牲劳饔饩，不肯用也。故思古之人，不以微薄废礼焉。”（《毛诗序》）

“此亦燕饮之诗。”“盖述主人之谦辞，言物虽薄，而必与宾客共之也。”（朱熹《诗集传》）

“这是写贵族请客饮酒的诗。”（程俊英《诗经译注》）

【原诗】	【译诗】
幡幡瓠叶[1]，	瓠叶嫩又青，
采之亨之[2]。	采摘来煮烹。
君子有酒，	男士有美酒，
酌言尝之。	小酌把酒品。
有兔斯首[3]，	野兔逮几头，
炮之燔之[4]。	煨烤真可口。
君子有酒，	君子有美酒，
酌言献之。	小酌敬朋友。
有兔斯首，	野兔逮几头，
燔之炙之。	烧烤真可口。
君子有酒，	兄台有美酒，
酌言酢之[5]。	举杯相应酬。

有兔斯首，　　野兔逮几头，
燔之炮之。　　烤、煨香喷喷。
君子有酒，　　主人有美酒，
酌言酬之[6]。　　主宾酬和醺。

【注释】

[1]幡（fān番）幡，翩翩。瓠（hù护），瓠瓜，即葫芦，嫩叶可食。

[2]亨，烹，煮熟。

[3]斯首，这一头。

[4]炮，泥裹而烧之。燔（fán凡），烤。

[5]酢（zuò作），回敬。

[6]酬，饮。

渐渐之石

【导读】

这首诗写出征的将士感叹生活艰苦，归期无望。

【评介】

"《渐渐之石》，下国刺幽王也。戎狄叛之，荆舒不至，乃命将率东征。役久病于外，故作是诗也。"（《毛诗序》）

"将帅出征，经历险远，不堪劳苦而作此诗也。"（朱熹《诗集传》）

"《渐渐之石》，诗人描述东征途中见闻之作。"（陈子展《诗经直解》）

"这是征人从军，慨叹路上劳苦而作的诗。"（程俊英《诗经译注》）

【原诗】	【译诗】
渐渐之石[1]，	巉巉崖石陡峭，
维其高矣。	只因坡度太高。
山川悠远，	山又远水又遥，
维其劳矣[2]。	长跋涉历辛劳。
武人东征，	军士东征赶路，
不皇朝矣[3]。	辛苦每日朝朝。
渐渐之石，	巉巉崖石陡峭，
维其卒矣[4]。	只因险峰太高。
山川悠远，	山又远水又遥，
曷其没矣[5]。	真是没完没了。
武人东征，	军士东征兼程，
不皇出矣。	凶险难于意料。
有豕白蹢[6]，	那些白蹄肥猪，
烝涉波矣[7]。	跑进泥水滚跳。
月离于毕[8]，	月亮贴近毕星，
俾滂沱矣[9]。	大雨滂沱落掉。
武人东征，	战士东征奔跑，
不皇他矣。	它事难把心操。

【注释】

[1]渐渐，山崖险峻状。

[2]劳，劳苦。

[3]皇，遑，空暇。朝，朝夕。

[4]卒（cuì瘁），高而险。

[5]曷（hé河），何时。没，尽头。

[6]蹢（dí敌），蹄。

[7]烝（zhēng争），众多。涉波。在泥水中打滚。

[8]毕，星宿名。

[9]俾（bǐ比），使。滂沱，大雨倾泻状。

苕之华

【导读】

这首诗哀叹饥荒之年，食不能饱。

【评介】

“《苕之华》，大夫闵时也。幽王之时，西戎、东夷交侵中国，师旅并起，因之以饥馑。君子闵周室之将亡，伤己逢之，故作是诗也。”（《毛诗序》）

“诗人自以身逢周室之衰，如苕附物而生，虽荣不久，故以为比，而言其心之忧伤也。”（朱熹《诗集传》）

“这诗反映荒年饥谨。第一、二章以凌苕起兴，感于花木的荣盛而叹人的憔悴。第三章言百物凋耗，民不聊生。”（余冠英《诗经选译》）

“这是一位饥民自伤不幸的诗。反映了当时荒年饥馑，人自相食的惨象。”（程俊英《诗经译注》）

【原诗】	【译诗】
苕之华[1]，	凌霄藤开花，
芸其黄矣[2]。	深黄似云霞。
心之忧矣，	心里真忧愁，

维其伤矣。	悲伤胸中挂。
苕之华，	凌霄藤开花，
其叶青青。	叶青似云霞。
知我如此，	早知苦如此，
不如无生。	不如不生下。
牂羊坟首[3]，	母羊脑袋大，
三星在罶[4]。	鱼篓星光眨。
人可以食，	人仅能糊口，
鲜可以饱[5]。	很少吃饱呀！

【注释】

[1]苕（tiáo条）之华，凌霄花。

[2]芸（yún云），深黄色。

[3]牂（zāng脏），母绵羊。坟，大。首，脑袋。

[4]三星，参星。罶（liǔ柳），鱼篓。水中鱼篓映出星光。

[5]鲜，少。

何草不黄

【导读】

这首诗写征夫之怨，日夜奔忙，孤苦无依。

【评介】

“《何草不黄》，下国刺幽王也。四夷交侵，中国背叛，用兵不

息，视民如禽兽。君子忧之，故作是诗也。”（《毛诗序》）

“周室将亡，征役不息，行者苦之，故作此诗。”（朱熹《诗集传》）

“《何草不黄》，征役不息，征夫愁怨之作。此属于乱世之音，亡国之音一类作品。”（陈子展《诗经直解》）

“这是从役的兵士怨劳苦的诗。第一、三、四章都是怨奔走四方，不得休息。第二章怨夫妇离隔，不得团聚。”（余冠英《诗经选译》）

“这是一首征夫苦于行役的怨诗。”（程俊英《诗经译注》）

【原诗】	【译诗】
何草不黄？	哪有草儿不枯黄，
何日不行？	哪有一日不奔忙？
何人不将[1]？	哪有一人不劳碌，
经营四方[2]。	辛勤经营在四方。
何草不玄[3]？	哪有草儿不腐烂，
何人不矜[4]？	哪人不是单身汉？
哀我征夫，	哀怜我等征夫难，
独为匪民。	有谁把咱当人看。
匪兕匪虎[5]，	不像老虎不像牛，
率彼旷野[6]。	在那旷野成群走。
哀我征夫，	哀怜我等征夫苦，
朝夕不暇！	从早到晚忙不够。
有芃者狐[7]，	狐狸尾巴好蓬松，
率彼幽草。	藏在深深草丛中。
有栈之车[8]，	大车货物高高耸，
行彼周道[9]。	奔驰在那大道中。

【注释】

[1]将，出行，服役。

[2]经营，劳碌、奔走。

[3]玄，黄黑色。

[4]矜（guān关），通“鳏”，无妻的鳏夫。

[5]兕（sì四），野牛。

[6]率，沿着。

[7]芃（péng蓬），芃芃，丛生而蓬松。

[8]栈（zhàn占），车高状。

[9]周道，大道。

灵台

大　雅

大雅·文王之什

文 王

【导读】

这首诗赞美文王英明贤德，建立周朝，光辉万代。

【评介】

“《文王》，文王受命作周也。”（《毛诗序》）

“受天命而王天下，制立周邦。”（《笺》）

“周公追述文王之德，明周家所以受命而代商者，皆由于此，以戒成王。”（朱熹《诗集传》）

“《文王》，歌颂文王受命作周之诗。”（陈子展《诗经直解》）

“这是诗人追述文王事迹以戒成王的诗。”（程俊英《诗经译注》）

【原诗】	【译诗】
文王在上[1]，	文王神灵在上，
於昭于天[2]。	灵光昭映天堂。
周虽旧邦，	岐周虽是旧邦，
其命维新。	国运更新气象。
有周不显[3]，	岐周前程无量，
帝命不时[4]。	上帝常赐吉祥。
文王陟降，	文王神灵升降，
在帝左右。	栖止上帝两旁。
亹亹文王[5]，	文王勤恳勉力，

令闻不已[6]。　　　　声誉久传不止。
陈锡哉周[7]，　　　　恩惠泽及周代，
侯文王孙子。　　　　子孙后代得益。
文王孙子，　　　　文王子孙后代，
本支百世。　　　　本家宗派百世。
凡周之士，　　　　大凡周朝官吏，
不显亦世[8]。　　　　世代显贵获利。

世之不显，　　　　世代显贵获利，
厥犹翼翼[9]。　　　　谋事小心翼翼。
思皇多士[10]，　　　　诸多贤才俊士，
生此王国。　　　　生长周王国里。
王国克生[11]，　　　　王国培育贤士，
维周之桢[12]。　　　　周朝栋梁竖立。
济济多士，　　　　人才济济一堂，
文王以宁。　　　　文王起用济世。

穆穆文王，　　　　文王恭敬肃穆，
於缉熙敬止[13]。　　　　光明谨慎举止。
假哉天命[14]，　　　　天命正大威严，
有商孙子。　　　　征服商朝子期。
商之孙子，　　　　商朝臣民后嗣，
其丽不亿[15]。　　　　人口数以亿计。
上帝既命，　　　　上帝既已下令，
侯于周服[16]。　　　　臣服周朝合理。

侯服于周，　　　　殷商臣服周邦，
天命靡常。　　　　天命变易无常。

殷士肤敏[17]，	殷商归降勉力，
祼将于京[18]。	献祭周京庙堂。
厥作祼将，	他们献祭酹酒，
常服黼冔[19]。	常穿殷代冠裳。
王之荩臣[20]，	殷王所遗旧臣，
无念尔祖。	莫把你祖怀想。
无念尔祖，	莫把你祖怀想，
聿修厥德[21]。	要将品德滋养。
永言配命，	永远顺应天命，
自求多福。	自求多福多样。
殷之未丧师，	殷商未败之时，
克配上帝。	尊重上帝意向。
宜鉴于殷，	应该借鉴殷商，
骏命不易[22]。	顺应天命不忘。
命之不易，	天命国运不易，
无遏尔躬[23]。	切勿断送自己。
宣昭义问[24]，	发扬光大声誉，
有虞殷自天[25]。	天丧殷朝须记。
上天之载，	上天化育万物，
无声无臭[26]。	无声无息无际。
仪刑文王[27]，	效法文王榜样，
万邦作孚[28]。	万国诸侯敬礼。

【注释】

[1]文王，周文王姬昌。

[2]於（wū乌），感叹词。昭，明，光明。

[3]不，语助词，无义。
[4]不时，经常。
[5]亹（wěi伟）亹，勤勉。
[6]令闻，好声誉。
[7]陈锡，承袭，一作“反复赏赐”解。哉，载，恩泽广播以利大周。
[8]不，无义，语助词。亦，奕，累，经常。
[9]犹，谋划。翼翼，谨慎恭敬。
[10]皇，美哉。
[11]克，能。
[12]桢（zhēn针），梁柱。
[13]缉熙，光明。敬，敬奉其职。
[14]假，大。
[15]丽，数目。不，语助词。不亿，亿。
[16]侯，就。服，臣服，归顺。
[17]殷士，商代旧臣。肤敏，勉力从事。
[18]祼（guàn贯）将，献祭。于京，到周的都城去。
[19]黼（fǔ甫）冔（xǔ许），商的礼服礼帽。
[20]荩，余。荩（jìn近）臣，旧臣。
[21]聿（yù玉），遵循。
[22]骏，大。
[23]遏，遇止。躬，自身。
[24]宣昭，发扬光大。
[25]虞，鉴戒，教训。殷，殷鉴。
[26]臭（xiù秀），味，气味。
[27]仪刑，效法。
[28]孚，信赖。

大 明

【导读】

这首诗记述周王朝的开国历史，前六章记叙文王之母大任、武王之母大姒，赞美文王、武王的高贵出生；后两章记叙武王伐纣、克商，赞美其非凡的才能。

【评介】

“《大明》，文王有明德，故天复命武王也。”（《毛诗序》）

“二圣相承，其明德日以广大，胡曰大明。”（《笺》）

“此亦周公戒成王之诗。”（朱熹《诗集传》）

“诗自文王父母王季太任及文王出生叙起，至武王伐纣胜利为止，重点实在武王，不在王季太任与文王太姒。”（陈子展《诗经直解》）

“这是周代史诗之一，叙述王季和太任、文王和太姒结婚以及武王伐纣的事。”（程俊英《诗经译注》）

【原诗】	【译诗】
明明在下，	明德在下土，
赫赫在上。	显赫在天上。
天难忱斯[1]，	天命难诚信，
不易维王。	君王不易当。
天位殷适[2]，	天助殷之敌，
使不挟四方。	使殷失四方。
挚仲氏任[3]，	挚国任家女，
自彼殷商。	迢迢出殷商。
来嫁于周，	嫁到周朝来，

曰嫔于京[4]。　　京都做新娘。
乃及王季[5]，　　她与王季婚，
维德之行。　　德行远播扬。
大任有身[6]，　　任氏怀身孕，
生此文王。　　生下周文王。

维此文王，　　就是这文王，
小心翼翼。　　小心不张狂。
昭事上帝，　　明白敬上帝，
聿怀多福。　　常保福无量。
厥德不回[7]，　　德行真不错，
以受方国[8]。　　大国他承当。

天监在下，　　上天察地上，
有命既集。　　好运归文王。
文王初载[9]，　　文王初即位，
天作之合。　　天配后宫娘。
在洽之阳[10]，　　在那洽水北，
在渭之涘[11]。　　于那渭水旁。
文王嘉止，　　文王行婚礼，
大邦有子[12]。　　大国嫁姑娘。

大邦有子，　　大国好姑娘，
俔天之妹[13]。　　宛如天仙样。
文定厥祥，　　文王礼吉祥，
亲迎于渭。　　亲迎渭水旁。
造舟为梁，　　连船当桥梁，
不显其光[14]。　　婚事多荣光。

有命自天，	大命从天降，
命此文王，	指示周文王，
于周于京。	周地建城邦。
缵女维莘[15]，	莘国有好女，
长子维行[16]，	长女嫁文王，
笃生武王[17]。	婚后生武王。
保右命尔，	保佑命令他，
燮伐大商[18]。	讨伐大殷商。
殷商之旅，	殷商军队强，
其会如林。	旌旗密林状。
矢于牧野[19]，	武王牧野誓:
维予侯兴，	“我军将进攻，
上帝临女，	上帝在头上，
无贰尔心！	勿有坏心肠。”
牧野洋洋[20]，	牧野多宽广，
檀车煌煌[21]，	檀车闪闪亮，
驷骠彭彭[22]。	四马多雄壮。
维师尚父[23]，	尚父率三军，
时维鹰扬[24]。	宛如苍鹰翔。
凉彼武王[25]，	扶助周武王，
肆伐大商[26]，	疾速伐殷商，
会朝清明[27]。	黎明新气象。

【注释】

[1]忱（chén晨），信任。

[2]位，立，扶植。适（dí敌），同“嫡”。

[3]挚，挚国，在今河南汝宁一带。仲氏，二妹。任，姓。

[4]嫔，嫁。京，京师，首都。

[5]王季，文王之父

[6]大任，任仲氏。有身，有身孕。

[7]厥（jué决），其，他的。回，邪僻。

[8]方国，诸侯国。

[9]初载：初始，指年青时。

[10]洽阳，洽水北岸，在今陕西省合阳县西北，古莘国。

[11]渭，渭水。涘（sì寺），水滨。

[12]大邦，莘（shēn身）国。子，公主。

[13]伣（qiàn欠），好似。

[14]不显，显。

[15]缵（zuǎn纂），美貌。莘（shēn身），莘国。

[16]长子，长女，太姒。有行，出嫁。

[17]笃，语气词。

[18]燮（xiè谢），讨伐。

[19]矢，誓，誓师。牧野，商之效野，在今河南省淇县西南。

[20]洋洋，宽广。

[21]檀车，战车。煌煌，鲜明。

[22]驷（sì四），四马。騵（yuán原），红毛白肚的马。彭彭，强健。

[23]师，太师。尚父，姜太公吕尚。

[24]鹰扬，象雄鹰一样飞扬。

[25]凉，扶助。

[26]肆，疾，快。

[27]会朝，一朝。清明，太平世界之气象。

绵

【导读】

这也是一首记叙周王朝开国历史的诗。赞美太王古公亶父迁周于岐山，励精图治，使国势日渐强大，为文王之盛奠定了基础。亶父是王季之父，文王之祖。

【评介】

"《绵》，文王之兴，本由太王也。"（《毛诗序》）

"此亦周公戒成王之诗，追述太王始迁岐周以开王业，而文王因之以受天命也。"（朱熹《诗集传》）

"《绵》，叙述太王迁岐之诗。周人自述开国史诗六篇之一。"（陈子展《诗经直解》）

"《绵》，追述周德之兴始自迁岐，民附也。"（方玉润《诗经原始》）

"这是周人记述其祖先古公亶父事迹的诗。周民族的强大始于姬昌时，而基础的奠定由于古公亶父。本诗前八章写亶父迁国开基的功业，从迁岐、授田、筑室直写到驱逐混夷。末章写姬昌时代君明臣贤，能继承亶父的遗烈。"（余冠英《诗经选译》）

"这是周族史诗之一。诗从古公亶父迁岐叙起，描写他开国奠基的功业；一直写到文王能继承古公的遗烈，修建宫室，平定夷狄，外结邻帮，内用贤臣，使周族日益强大。"（程俊英《诗经译注》）

【原诗】	【译诗】
绵绵瓜瓞[1]。	大小瓜儿蔓延。
民之初生，	周人勃兴之先，
自土沮漆[2]。	从杜向漆移迁。

古公亶父[3]，　　　　古公亶父领先，
陶复陶穴[4]，　　　　挖穴筑窑营建，
未有家室。　　　　尚无家室相伴。

古公亶父，　　　　且说古公亶父，
来朝走马。　　　　清晨走马移迁。
率西水浒[5]，　　　　沿着漆水之畔，
至于岐下[6]。　　　　到达岐山家园。
爰及姜女，　　　　遂与姜女相伴，
聿来胥宇[7]。　　　　来此勘址修建。

周原膴膴[8]，　　　　周地肥沃平原，
堇荼如饴[9]。　　　　堇荼苦菜甘甜。
爰始爰谋，　　　　大家出谋献策，
爰契我龟[10]。　　　　龟甲占卜求仙。
曰止曰时，　　　　天意指示定居，
筑室于兹。　　　　在此造房十间。

乃慰乃止，　　　　安心定居在此，
乃左乃右。　　　　向左向右伸展。
乃疆乃理[11]，　　　　定下土地疆界，
乃宣乃亩[12]。　　　　开挖沟渠连片。
自西徂东，　　　　从西到东垦田，
周爰执事[13]。　　　　人人努力生产。

乃召司空[14]，　　　　请司空来规划，
乃召司徒[15]，　　　　请司徒把工监，
俾立室家。　　　　把新房来修建。

其绳则直，	绳墨又长又直，
缩版以载[16]，	夹板筑土牢坚，
作庙翼翼[17]。	建成宗庙俨然。
捄之陾陾[18]，	挖土噌噌发响，
度之薨薨[19]。	轰轰将泥来填。
筑之登登[20]，	筑墙登登力大，
削屡冯冯[21]。	砰砰削平墙面。
百堵皆兴，	百堵土墙垒起，
鼛鼓弗胜[22]。	大鼓虽敲太慢。
乃立皋门，	建起外城大门，
皋门有伉[23]。	城门耸入云天。
乃立应门，	建起宫殿正门，
应门将将[24]。	宫门威武如山。
乃立冢土[25]，	堆积祭坛土台，
戎丑攸行[26]。	大众祈祷在前。
肆不殄厥愠[27]，	对敌永保恨怨，
亦不陨厥问[28]。	声名远播人间。
柞棫拔矣，	拔光柞树棫树，
行道兑矣[29]。	道路坦荡无掩。
混夷駾矣[30]，	昆夷上马逃奔，
维其喙矣[31]。	张嘴喘息逃窜。
虞芮质厥成[32]，	虞芮两国和谈，
文王蹶厥生[33]。	文王英气贯串。
予曰有疏附[34]，	既有贤臣归附，

予曰有先后。　　　又有先后高参。
予曰有奔奏，　　　奔走传递信息，
予曰有御侮[35]。　　猛将抵御侵犯。

【注释】

[1]绵绵，绵延不断。瓞（dié迭），小瓜。

[2]自，从。土，杜水。沮，“徂”的借字，去。漆，漆水，在今陕西旬邑。

[3]古公亶（dǎn胆）父，古公是号，亶父是名，周文王的祖父。受戎狄骚扰后迁于岐山，以周为国号。

[4]陶，掏，挖洞。复，窑洞。穴，地洞。

[5]率，沿着。浒（hǔ虎），渭水岸边。

[6]岐，岐山，在今陕西岐山县东北。

[7]聿，发语词。胥，视察。宇，建房之地。

[8]朊朊（wǔ五），肥沃。

[9]堇（jǐn仅）、荼（tú图），都是苦菜。饴（yí疑），麦芽糖。

[10]契，打开龟甲来钻孔，之后在火上烤，以纹路卜吉凶。

[11]疆，丈量地界。理，平整土地。

[12]宣，松土。亩，挖沟。

[13]周，普遍。执事，忙活。

[14]司空，工程官。

[15]司徒，户籍官。

[16]缩版，把修筑土墙的木板固定好。

[17]翼翼，庄严状。

[18]捄（jiū鸠），铲土。陾（réng仍）陾，铲土声。

[19]度，倒土。薨薨（hōng轰），倒土声。

[20]筑，夯土，捣土。登登，夯土声。

[21]削屡，削平土墙。冯冯（píng平），削平泥土声。

[22]鼛（gāo高），大鼓。弗胜，比不过劳作的声音。

[23]皋门，城门。伉（kàng抗），高耸。
[24]应门，官殿正门。将将（qiāng枪），堂皇庄严。
[25]冢（zhǒng肿）土，祭坛。
[26]戎丑，大众。攸，所在。行，往。
[27]肆，所以。殄（tiǎn忝），消灭。厥，指狄人。愠（yùn运），怒。
[28]陨，坠落、丧失。厥，指代文王。向，声誉。
[29]兑（duì对），通畅。
[30]混，昆。昆夷，西戎的一支种族。駾（tuì退），溃逃。
[31]维其，何其。喙（huì会），指张口喘气而逃。
[32]虞、芮（ruì锐），二小国。质，成，平息纠纷。
[33]蹶（guì贵），动，生气贯注，兴旺之气象。
[34]疏附，贤臣聚集。
[35]御侮，抵御侵略的武将。

棫 朴

【导读】

这是文王伐崇前祭祀天神的诗，赞美文王任人唯贤，使天下归心。

【评介】

"《棫朴》，文王能官人也。"（《毛诗序》）（官人：用贤做官）

"此亦以咏歌文王之德。""盖德盛而人心归附趣向之也。"（朱熹《诗集传》）

"《棫朴》，文王能作士也。"（方玉润《诗经原始》）

"这是一首写文王郊祭天神后领兵伐崇的诗。"（程俊英《诗经译注》）

【原诗】	【译诗】
芃芃棫朴[1]，	棫树枣树多茂盛，
薪之槱之[2]。	砍伐堆积当柴薪。
济济辟王[3]，	君王威严貌端正，
左右趣之[4]。	左右臣子齐归心。
济济辟王，	君王威严貌端庄，
左右奉璋。	左右臣子捧玉璋。
奉璋峨峨[5]，	手捧玉璋真齐整，
髦士攸宜[6]。	群臣英武又堂皇。
淠彼泾舟[7]，	泾水坐船奔前方，
烝徒楫之[8]。	众人同心来划桨。
周王于迈[9]，	周王挂帅去远征，
六师及之。	六军齐发气势壮。
倬彼云汉[10]，	银河群星路漫漫，
为章于天[11]。	灿烂光芒冲霄汉。
周王寿考，	周王长寿身体健，
遐不作人[12]？	士气大振人心欢。
追琢其章[13]，	精雕细琢才华美，
金玉其相[14]。	金玉好看质高贵。
勉勉我王，	勤勤勉勉我周王，
纲纪四方。	治国规章皆齐备。

【注释】

[1]芃（péng朋）芃，茂盛状。棫（yù玉）朴，域树与枣树。

[2]槱（yóu犹），积累。

[3]济济，端庄齐整。辟王，君王。

[4]趣，趋，归向。

[5]峨，恭谨而齐整。

[6]髦（máo毛）士，英武之臣。攸，所。宜，适当，相配。

[7]淠（pì譬），船行驶状。泾，泾水。

[8]烝（zhēng争），众，人多。徒，从人。

[9]于迈，出行。

[10]倬（zhuō桌），宽广。云汉，银河。

[11]章，文章，花纹，光华。

[12]遐（xiá侠），何，怎不。作人，士气鼓舞、振动。

[13]追，雕。章，花纹，指才华。

[14]相，质地，本质。

旱　麓

【导读】

这首诗赞美文王知人善任之德，并祝愿君王得祖先，神灵庇佑。这应该是祭祀时所唱的诗。

【评介】

“《旱麓》，受祖业。周之先祖世修后稷、公刘之业，大王、王季申以百福干禄焉。”（《毛诗序》）

“此盖以常情拟圣德，以不能摹拟中极意以摹拟之，非真谓禄可干

禄。”（《笺》）

“此亦咏文王之德。”（朱熹《诗集传》）

“《旱麓》，盖文王受阻之诗。”（陈子展《诗经直解》）

“这是歌颂周文王祭祖得福、知道培养人才的诗。”（程俊英《诗经译注》）

【原诗】	【译诗】
瞻彼旱麓[1]，	瞻望旱山之麓，
榛楛济济[2]。	榛树楛树成林。
岂弟君子[3]，	那人志得意满，
干禄岂弟[4]。	求官一举遂心。
瑟彼玉瓒[5]，	洁净鲜亮玉勺，
黄流在中[6]。	来把美酒舀倒。
岂弟君子，	那人志得意满，
福禄攸降[7]。	福禄样样俱到。
鸢飞戾天[8]，	鸢鹰疾飞冲天，
鱼跃于渊。	鱼儿跃游深渊。
岂弟君子，	那人志得意满，
遐不作人[9]？	激励大家向前。
清酒既载，	摆开醇美清酒，
骍牡既备[10]。	备好红色公牛。
以享以祀，	敬献祖宗灵前，
以介景福[11]。	来把洪福祈求。
瑟彼柞棫，	柞树棫树密密，

民所燎矣[12]。	百姓烧柴砍劈。
岂弟君子，	那人志得意满，
神所劳矣。	神灵保佑大吉。
莫莫葛藟[13]，	串串葛藤成片，
施于条枚。	枝头处处蔓延。
岂弟君子，	那人志得意满，
求福不回[14]。	求福不违于天。

【注释】

[1]旱，旱山。麓（lù路），山脚。

[2]楛（hù户），一种灌木。济济，繁盛。

[3]岂弟（kǎi tì 凯替），得意、得志状。

[4]干禄，求福。

[5]瑟，鲜亮光洁状。玉瓒，金饰玉勺。

[6]黄流，指美酒。

[7]攸，所。

[8]鸢（yuān冤），老鹰。戾，达到。

[9]遐（xiá侠），何。作人，鼓舞大家。

[10]骍（xīng星）牡，赤色公牛。

[11]介，求。景.大。

[12]燎，烧。

[13]莫莫，繁盛。葛藟（lěi磊），葛藤。

[14]不回，不违。

思　齐

【导读】

这首诗赞美文王以德齐家，进而治理天下。

【评介】

“《思齐》，文王所以圣也。”（《毛诗序》）

“言非但天性，德有所由成。”（《笺》）

“此诗亦歌文王之德，而推本言之。”（朱熹《诗集传》）

“故此诗当以刑于数语为主。……所谓德修于内而化成乎天下者，非文王而能若是乎？”（方玉润《诗经原始》）

“《思齐》，亦可作为歌颂周初开国人物之史诗读。”（陈子展《诗经直解》）

“这是歌颂文王善于修身、齐家、治国的诗。”（程俊英《诗经译注》）

【原诗】	【译诗】
思齐大任[1]，	大任美丽又端庄，
文王之母。	她是文王生身娘。
思媚周姜[2]，	周姜妩媚又漂亮，
京室之妇[3]。	她是大王贤妻房。
大姒嗣徽音[4]，	大姒继承美风韵，
则百斯男。	生下诸位好儿郎。
惠于宗公[5]，	孝顺恩惠祖宗们，
神罔时怨，	列祖神灵无怨愤，
神罔时恫[6]。	列祖神灵心绪宁。

刑于寡妻[7]，	礼法示范给正妻，
至于兄弟，	影响施加兄弟们，
以御于家邦[8]。	以此治国样样顺。
雍雍在宫[9]，	和和美美在内宫，
肃肃在庙。	恭恭敬敬在庙中。
不显亦临[10]，	明白事务他细察，
无射亦保[11]。	警惕阴暗角落中。
肆戎疾不殄[12]，	所以疾患皆断绝，
烈假不瑕[13]。	害人瘟疫也消灭。
不闻亦式[14]，	听到良策就采用，
不谏亦入[15]。	听到规劝便记得。
肆成人有德，	因此成人品德优，
小子有造[16]。	后生小子堪造就。
古人之无斁[17]，	古人教化永不倦，
誉髦斯士[18]。	英才口碑处处周。

【注释】

[1]思，发语词。齐，端庄。大任，王季妻，文王母。

[2]媚，美貌可爱。周姜，太姜，古公亶父妻，王季之母。

[3]京室，王族。

[4]大姒（sì四），文王妻。嗣，继承、延续。徽音，美誉。

[5]惠，孝顺。宗公，祖宗列公。

[6]罔，无。恫（tōng通），伤痛，痛心。

[7]刑，示范。寡妻，正妻。

[8]御，推广。

[9]雍，和美。
[10]不，语气词，无意义。显亦临，时刻提防，明察秋毫。
[11]无，语气词，无意义。射，阴暗处。保，保守，保全。
[12]肆，所以。戎疾，西戎之疾患。殄（tiǎn舔），断绝。
[13]烈假，瘟疫。不，语气词，无义。瑕。远去。
[14]不，语助词。闻，听到。式，采用。
[15]不，语助词。入，听得进去。
[16]造，造就。
[17]斁（yì义），厌倦。
[18]誉，声誉。髦，杰出。斯士，这些人才。

皇 矣

【导读】

这首诗记叙周王朝的开国历史，赞美太王、王季、文王的贤德和非凡功绩，详细描述了文王伐密、伐崇的过程。

【评介】

“《皇矣》，美周也。天监代殷，莫若周。周世世修德，莫若文王。”（《毛诗序》）

“此诗叙大王大伯王季之德，以及文王伐密伐崇之事也。”（朱熹《诗集传》）

“《皇矣》，言王季上承其父太王，下传其子文王，并友与其兄泰伯，全篇实为周人歌颂王季之德而作。”（陈子展《诗经直解》）

“这是周人叙述自己开国历史的史诗之一。先述太王开辟岐山，打退昆夷。次述王季继承先祖德业，传位给文王。末述文王伐崇伐密的胜利事迹。”（程俊英《诗经译注》）

【原诗】	【译诗】
皇矣上帝[1]	上帝真辉煌，
临下有赫[2]；	光芒照万邦。
监观四方，	监察在四方，
求民之莫[3]。	保佑人安康。
维此二国[4]，	想起夏与商，
其政不获；	政治无保障。
维彼四国[5]，	想起四方国，
爰究爰度。	了解并度量。
上帝耆之[6]，	上帝憎夏商，
憎其式廓[7]。	嫌其真张狂。
乃眷西顾，	惦记向西望，
此维与宅[8]。	庇佑周文王。
作之屏之，	砍伐又铲除，
其菑其翳[9]；	枯朽树木光。
修之平之，	修剪枝叶平，
其灌其栵[10]；	灌木小树长。
启之辟之，	芟除旧枝丫，
其柽其椐[11]；	河柳椐树旺。
攘之剔之，	剔清病枝叶，
其檿其柘[12]。	柘树与山桑。
帝迁明德，	帝扶明德君，
串夷载路[13]。	犬戎逃窜忙。
天立厥配，	上天立君王，
受命既固。	天命国势强。
帝省其山，	上帝观山冈，

柞棫斯拔，　　　　柞棫俱拔光，
松柏斯兑[14]。　　松柏直且苍。
帝作邦作对，　　　上帝兴周邦，
自大伯王季[15]。　太伯王季昌。
维此王季，　　　　说起这王季，
因心则友。　　　　真心爱兄长。
则友其兄，　　　　兄弟多友爱，
则笃其庆[16]，　　增添福与祥。
载锡之光。　　　　天赐王位昌，
受禄无丧，　　　　福禄永安享，
奄有四方。　　　　统治遍四方。

维此王季，　　　　王季心善良，
帝度其心，　　　　上帝来度量，
貊其德音[17]。　　声誉播四方。
其德克明，　　　　明辨是与非，
克明克类，　　　　是非善恶彰，
克长克君。　　　　师长兼君王。
王此大邦[18]，　　统治此大邦，
克顺克比。　　　　和顺有力量。
比于文王，　　　　传位周文王，
其德靡悔。　　　　美德难衡量。
既受帝祉[19]，　　接受上帝福，
施于孙子。　　　　施于子孙享。

帝谓文王：　　　　上帝告文王，
无然畔援[20]，　　不须太张狂，
无然歆羡[21]，　　莫作非分想，

诞先登于岸[22]。	渡河登岸强。
密人不恭[23]，	密人不恭顺，
敢距大邦[24]，	竟敢犯大邦，
侵阮徂共[25]。	侵阮攻共防。
王赫斯怒，	文王赫然怒，
爰整其旅，	整顿大部队，
以按徂旅[26]，	将敌来抵挡。
以笃周祜[27]，	周朝福气旺，
以对于天下。	告慰在四方。

依其在京，	京都军威壮，
侵自阮疆，	出兵走阮疆。
陟我高冈。	登我高山冈，
无矢我陵，	莫侵我山陵，
我陵我阿；	我陵我高冈。
无饮我泉，	莫饮我泉水，
我泉我池！	我泉我池塘。
度其鲜原，	平原测四方，
居岐之阳，	居住岐山阳，
在渭之将[28]。	靠着渭水旁。
万邦之方，	万邦之榜样，
下民之王。	百姓好君王。

帝谓文王：	上帝告文王：
予怀明德，	明德我怀想，
不大声以色，	不以声色强，
不长夏以革[29]，	不以鞭棒伤。
不识不知，	不懂为不知，

顺帝之则。　　顺应帝规章。
帝谓文王：　　上帝告文王：
询尔仇方[30]，　　盟国勤商量，
同尔兄弟。　　有如弟兄两。
以尔钩援，　　用你钩与戈，
与尔临冲[31]，　　临车冲车撞，
以伐崇墉[32]。　　攻打崇城墙。

临冲闲闲，　　临车冲车壮，
崇墉言言，　　崇国城墙晃。
执讯连连[33]，　　俘虏连成串，
攸馘安安[34]。　　敌耳割削忙。
是类是祃[35]，　　祭天祭社神，
是致是附，　　致辞劝敌降，
四方以无侮。　　各国敬周邦。
临冲茀茀，　　临车冲车强，
崇墉仡仡，　　崇国城晃荡。
是伐是肆，　　讨伐猛攻打，
是绝是忽[36]，　　消灭敌力量，
四方以无拂[37]。　　四方不违抗。

【注释】

[1]皇，大，美，辉煌。

[2]赫，赫赫，明亮。

[3]莫，安定，安康。

[4]二国，指夏与商。

[5]四国，四方诸侯国。

[6]耆（zhǐ纸），嫌恶。

[7]式廓，恶极罪大。

[8]此，周王朝。宅，居住。言上帝赐福与周王。

[9]菑（zì自），直立的枯木。翳（yì亿），已倒的枯木。

[10]栵（lì利），小树，新枝。

[11]柽（chēng称），西河柳。椐（jū居），灵寿木。

[12]檿（yǎn眼），山桑。柘（zhè这），黄桑。

[13]串夷，犬戎。言周迁岐山后反击犬戎。

[14]兑，挺立。

[15]大伯王季，太伯、王季。太伯是古公亶父的长子，王季是第三子。王季传位给儿子昌，即周文王。

[16]笃，多，厚。

[17]貊（mò陌），广大。

[18]王（wàng望），作动词用，统治。

[19]祉，福。

[20]畔援，跋扈。

[21]歆羡，羡慕。

[22]诞，发语词。岸，高处。

[23]密，密须国，在今甘肃省灵台县西。

[24]距，抗拒。

[25]阮，阮国，在今甘肃泾川。徂，去。共，共国，在泾川县北部。

[26]按，抵挡。旅，部队、军旅。

[27]笃，巩固。祜（hù户），福。

[28]将，旁。

[29]不长，不崇尚。夏与革。刑罚。

[30]洵，合谋。仇方，盟国。

[31]临冲，临车冲车，攻城冲墙的战车。

[32]崇墉（yōng拥），崇国（在今西安沣水西面）的城墙。

[33]执讯，抓俘虏。连连，不间断。

[34]攸，所。馘（guó国），割所俘、所杀敌人的左耳计数。安安，不慌不忙。

[35]类，指祭天。祃（mà骂），祭社神。

[36]忽，消灭。

[37]无拂，不敢违背、抗拒。

灵　台

【导读】

这首诗赞美周文王之德，描叙他建造的灵台、灵囿、灵沼，表现国家繁荣，民心归附。

【评介】

“《灵台》，民始附也。文王受命，而民乐其有灵德以及鸟兽昆虫焉。”（《毛诗序》）

“孟子曰：‘文王以民力为台为沼，而民欢乐之。谓其台曰灵台，谓其沼曰灵沼。’此之谓也。”（朱熹《诗集传》）

“《灵台》，歌颂周初大奴隶主文王役使新占有之奴隶从事于土木工程，而建灵台——包括三灵、辟雍之诗。”（陈子展《诗经直解》）

“这是一首记述周文王建成灵台和游赏奏乐的诗。”（程俊英《诗经译注》）

【原诗】	【译诗】
经始灵台[1]，	开始修建灵台，
经之营之。	经营算计安排。
庶民攻之[2]，	庶民百姓努力，

不日成之。	日子不多成台。
经始勿亟[3]，	修建本不用急，
庶民子来[4]。	庶民不召自来。
王在灵囿[5]，	文王游逛灵园，
麀鹿攸伏[6]。	母鹿哺乳悠闲。
麀鹿濯濯[7]，	母鹿多么肥美，
白鸟翯翯[8]。	白鹤洁羽翩翩。
王在灵沼，	文王灵沼一现，
於牣鱼跃。	满池鱼儿撒欢。
虡业维枞[9]，	木架镂板雕花，
贲鼓维镛[10]。	大鼓大钟悬挂。
於论鼓钟，	钟鼓之声匀称，
於乐辟雍[11]。	离宫欢乐无涯。
於论鼓钟，	均匀擂鼓敲钟，
於乐辟雍。	欢乐尽在离宫。
鼍鼓逢逢[12]，	且听鼍鼓咚咚，
矇瞍奏公[13]。	盲翁奏乐夸功。

【注释】

[1]经始，开始规划。灵台，故址在西安西北。

[2]攻，修筑。

[3]亟（jí急），急迫。

[4]庶民子来，庶民如君王之子，不请自来。

[5]灵囿（yòu右），帝王野生动物园林。

[6]麀（yōu悠），母鹿。

[7]濯（zhuó焯）濯，大而肥美状。

[8]翯（hè鹤）翯，洁白状。
[9]虡（jù巨），挂编钟的木架。业，木架上的大板。枞（cōng匆），大板上固定钟磬的崇牙。
[10]贲（fén焚），大鼓。镛（yōng拥），大钟。
[11]於（wū乌），赞美声。辟雍，文王的离宫。
[12]鼍（tuó驼）鼓，用鳄鱼皮制的鼓。逢逢（péng朋），鼓声。
[13]矇（méng萌）瞍（sǒu叟），盲乐师。

下　武

【导读】

这首诗赞美武王继承先王之德，国势昌隆，使四方归顺。

【评介】

“《下武》，继文也。武王有圣德，复受天命，能昭先人之功焉。”（《毛诗序》）

“《下武》，康王即位，诸侯来贺，歌颂先世太王、王季、文武、成王之德，并及康王善继善述之孝而作。此诗如非使臣之笔，则为贺者之辞。”（陈子展《诗经直解》）

“这是赞美武王、成王能继承先王功德的诗。”（程俊英《诗经译注》）

【原诗】	【译诗】
下武维周[1]，	周人代代传承，
世有哲王。	每朝皆有贤君。
三后在天[2]，	三代先王归天，

[7]濯（zhuó酌），辉煌。

[8]翰，主干、尊长、正宗。王后即君王，周文王。

[9]辟，君，以之为君。

[10]辟雍，这里指学堂。

[11]考卜，成卜。

[12]芑（qǐ起），水芑，水芹。

[13]诒（yí移），贻，留下。燕，安。翼，敬。孙，子孙。

大雅·生民之什

生 民

【导读】

这首诗记述周朝始祖后稷的功绩。前三章写姜嫄蹑帝足受孕而生后稷，后稷一出生便受神明佑护，以显其出身不凡，颇具神话色彩；后五章写后稷对农业的创造性贡献，以及人们对他的崇敬和怀念。

【评介】

“《生民》，尊祖也。后稷生于姜嫄，文武之功起于后稷，故推以配天焉。”（《毛诗序》）

“姜嫄处祀郊禖，见大人迹而履其拇，遂歆歆然如有人道之感，于是即其所大所止之处，而震动有娠，乃周人所由以生之始也。周公制礼，尊后稷以配天，故作此诗。”（朱熹《诗集传》）

“《生民》，叙述周民族始祖后稷事迹之诗。此周人自叙开国史六篇之一，亦其第一篇。”（陈子展《诗经直解》）

“这是周人记录关于他们的始祖后稷的传说，歌咏其功德和灵迹的诗。第一章写姜嫄履迹感孕的神异。第二章写后稷诞生的神异。第三章写后稷被弃而不死的神异。第四章写后稷在幼年所表现的对农艺的天赋才能。第五、六章写后稷对农业的伟大贡献。第七、八章写祭祀。”（余冠英《诗经选译》）

“这是周人史诗之一，追述周始祖后稷的事迹，可说是一篇很生动的后稷传记。”（程俊英《诗经译注》）

【原诗】	【译诗】
厥初生民，	当初生出此人，
时维姜嫄[1]。	姜嫄是其母亲。
生民如何？	如何生下此人？
克禋克祀[2]，	献祭顶礼祈神，
以弗无子[3]。	求子无比虔诚。
履帝武敏歆[4]，	踏着帝足拇印，
攸介攸止；	单独居住安寝。
载震载夙[5]，	小心保胎怀孕，
载生载育，	一朝生养育婴，
时维后稷。	后稷为其乳名。
诞弥厥月[6]，	怀胎月满日足，
先生如达。	头胎产下肉球。
不坼不副[7]，	胞衣未曾破裂，
无灾无害[8]。	无灾难没痛楚。
以赫厥灵，	显现如此灵异，
上帝不宁[9]。	上帝不安不休？
不康禋祀[10]，	是否不满祭祀？
居然生子。	居然生出肉球。
诞置之隘巷[11]，	把他丢置狭巷，
牛羊腓字之[12]。	牛羊把他哺养。
诞置之平林[13]，	把他抛置树林，
会伐平林[14]；	伐木人们喂养。
诞置之寒冰[15]，	把他放置冰上，
鸟覆翼之。	大鸟覆盖翅膀。
鸟乃去矣，	等到大鸟飞去，

后稷呱矣[16]。	后稷呱呱练嗓。
实覃实吁[17]，	哭声又大又长，
厥声载路。	大路前后回响。
诞实匍匐[18]，	地面匍匐爬行，
克岐克嶷[19]，	又能站起直立，
以就口食。	亦会自己觅食。
蓺之荏菽[20]，	长大学种大豆，
荏菽旆旆[21]，	大豆生长茂密。
禾役穟穟[22]，	谷穗饱满低垂，
麻麦幪幪，	麻麦挨挨挤挤，
瓜瓞唪唪[23]。	大小瓜儿堆积。
诞后稷之穑，	后稷种植庄稼，
有相之道。	根据土壤不同。
茀厥丰草[24]，	拔掉丰茂杂草，
种之黄茂。	播下金黄良种。
实方实苞[25]，	种籽发芽含苞，
实种实褎[26]。	禾苗直往上冲。
实发实秀，	茎梗坚实好看，
实坚实好。	拔节抽穗丰隆。
实颖实栗[27]，	穗粒饱满沉重，
即有邰家室[28]。	邰邑又值年丰。
诞降嘉种，	良种嘉籽满堂，
维秬维秠[29]。	秬子秠子成双。
维穈维芑，	又红又白米粱，
恒之秬秠[30]。	秬秠遍地芬芳。

是获是亩，　　收获百亩米粱，
恒之穈芑。　　播下红白高粱。
是任是负，　　秋收背、抱繁忙，
以归肇祀[31]。　　归来祭祀神堂。

诞我祀如何？　　要问祭祀怎样？
或舂或揄，　　舂米舀米都忙，
或簸或蹂[32]；　　簸米扬米去糠。
释之叟叟[33]，　　淘米嗖嗖发响，
烝之浮浮[34]。　　蒸米热气上扬。
载谋载惟，　　大家出谋献策，
取萧祭脂，　　烧脂燃艾飘香。
取羝以軷[35]，　　公羊剥皮去肠，
载燔载烈[36]。　　烈火烘烤献上。
以兴嗣岁。　　以求来年兴旺。

卬盛于豆，　　祭物盛在木盘，
于豆于登。　　木碗瓦镫装满。
其香始升，　　香味冉冉上升，
上帝居歆[37]。　　上帝你来看看，
胡臭亶时[38]。　　多么香甜美餐！
后稷肇祀，　　自从后稷始祭，
庶无罪悔，　　便无过犯纠缠，
以迄于今。　　以至今日尚传。

【注释】

[1]时，是。姜嫄（yuán原），有邰氏的女儿，帝喾的妃子，后稷的母亲。

[2]克，能。禋（yīn因）祀，祭神礼仪。

[3]弗，祓，求神去除无子不育之灾。
[4]履，踏上。帝武，上帝的足迹。敏，大拇指。歆（xīn心），心有所感。
[5]载，语助词。展，娠，妊娠。夙，肃，单独住。
[6]弥，满。
[7]坼（chè彻），裂。副（pì辟），破。
[8]无灾无害，既指后稷健康，亦指其福份。
[9]不宁，不赐福份。
[10]不康，不安。禋祀，祭祀。
[11]置，弃置。
[12]腓（féi肥）字，庇护养育。
[13]平林，平原上的树林。
[14]会，适逢。
[15]寒冰，冰雪上。
[16]呱（gū姑），哭叫。
[17]覃（tán谈），长。吁（xū虚），大。
[18]匍匐，爬行。
[19]克，能。岐，跂。嶷，站立。
[20]蓺（yì艺），种植。荏（rěn忍）菽，黄豆。
[21]旆（pèi沛）旆、繁盛。
[22]役，颖。穟（suì遂）穟穟，禾苗长得美而盛。
[23]瓞（dié迭），小瓜。唪（běng琫）唪，累累。
[24]茀（fú扶），拔除。
[25]方，露出白芽。苞，吐出白芽。
[26]褎（yòu又），禾苗长高。
[27]颖，穗颖。栗，众多。
[28]即，往。有邰（tái台），氏族。
[29]秬（jù巨），黑黍。秠（pī批），一粒双黍。
[30]恒，普遍。

[31]肇，开始。
[32]蹂，揉。
[33]释，淘米。叟叟，嗖嗖。
[34]烝，蒸。浮浮、热气上升状。
[35]羝（dǐ底），公羊。軷（bá拔），剥皮。
[36]燔（fán凡）、烈，烧烤。
[37]歆（xīn心），安享。
[38]胡，大。臭（xiù秀），香味。亶，确实。时，美好。

行　苇

【导读】

这首诗写周贵族宴饮亲友族人，场面极为热闹。

【评介】

“《行苇》，忠厚也。周家忠厚，仁及草木，故能内睦九族，外尊事黄耇，养老乞言，以成其福禄焉。”（《毛诗序》）

“疑此祭毕而燕父兄耆老之诗”（朱熹《诗集传》）

“这是写周统治者和族人宴会、比射的诗。”（程俊英《诗经译注》）

【原诗】	【译诗】
敦彼行苇[1]，	芦苇刚长大，
牛羊勿践履。	牛羊别踩它。
方苞方体[2]，	含苞长茎梗，
维叶泥泥[3]。	密密嫩叶发。
戚戚兄弟[4]，	同胞好兄弟，

莫远具尔[5]。	不要早分家。
或肆之筵，	或把宴席摆，
或授之几。	凳子递给他。

肆筵设席，	开宴设酒席，
授几有缉御[6]。	侍者忙端椅。
或献或酢[7]，	献酒又回敬，
洗爵奠斝[8]。	洗杯捧盏递。
醓醢以荐[9]，	请喝肉糜汤，
或燔或炙。	烧烤随君意。
嘉肴脾臄[10]，	肚舌香无比，
或歌或咢。	歌随鼓声起。

敦弓既坚，	雕弓多坚硬，
四鍭既钧[11]。	四箭都排起。
舍矢既均，	拉弦箭中靶，
序宾以贤。	相比箭法奇。
敦弓既句[12]，	雕弓如满月，
既挟四鍭。	挟射四箭急。
四鍭如树，	四箭靶心立，
序宾以不侮[13]。	不中亦不欺。

曾孙维主，	主人真能干，
酒醴维醹[14]，	美酒多甜甘。
酌以大斗，	大斗酌好酒，
以祈黄耇。	祈福长者欢。
黄耇台背[15]，	驼背步蹒跚，
以引以翼。	引路把手搀。

寿考维祺[16]，　　祝愿长寿考，
以介景福[17]。　　天赐福份宽。

【注释】

[1]敦，丛生状。行（háng航），路上。

[2]苞、体，含苞长大。

[3]泥泥，嫩而润泽。

[4]戚戚，亲热。

[5]莫远，不要疏远。具尔，俱迩，都相近。

[6]缉御，指劳作着的侍者。

[7]酢（zuò祚），回敬酒。

[8]奠，放置。斝（jiǎ假），青铜酒器。

[9]醓（tǎn坦），肉酱。醢（hǎi海），剁肉酱。

[10]脾，指牛的胃。臄（júe决），牛舌。

[11]镞（hóu侯），金属箭头。钧，均匀。

[12]敦弓，雕弓。句（gōu勾），张弓。

[13]序，按秩序。不侮，不因不中而轻慢他。

[14]醴（lǐ里），甜酒。醹（rú如），醇厚。

[15]黄耇（gǒu苟），黄发老人。

[16]祺，吉祥。

[17]介，求。景，大。

既　醉

【导读】

这首诗写周王祭祖之后，借公尸之口，赐福于祭祀者。

【评介】

“《既醉》，太平也。醉酒饱德，人有士君子之行焉。”（《毛诗序》）

“成王祭宗庙，旅酬下遍群臣，至于无弄爵，故云醉焉。”（《笺》）

“父兄所以答《行苇》之诗，言享其饮食恩意之厚，而愿其受福如此也。”（朱熹《诗集传》）

“《既醉》，叙述西周盛时，王者祭毕飨燕，而公尸祝福之诗。”（陈子展《诗经直解》）

“这是周王祭祀祖先，祝官代表神主（尸）对主祭者周王的祝词。”（程俊英《诗经译注》）

【原诗】	【译诗】
既醉以酒，	饮酒酩酊大醉，
既饱以德。	饱受德行恩惠。
君子万年，	但愿贵人万岁，
介尔景福[1]。	洪福齐天不辍。
既醉以酒，	醇酒喝得烂醉，
尔殽既将[2]。	菜肴实称美味。
君子万年，	但愿贵人万岁，
介尔昭明。	前程光明富贵。
昭明有融，	前程光明融汇，
高朗令终[3]。	必能善终生辉。
令终有俶[4]，	善始又有善终，
公尸嘉告[5]。	巫师祝词赞美。
其告维何？	他将如何赞美？

笾豆静嘉[6]。	祭品丰富可贵。
朋友攸摄，	朋友嘉宾相助，
摄以威仪。	祭礼隆重肃威。
威仪孔时，	祭祀威仪及时，
君子有孝子。	贵人真是孝子。
孝子不匮[7]，	孝子德行不止，
永锡尔类[8]。	赢得福音永赐。
其类维何？	要何福音怎赐？
室家之壶[9]。	全家和美安适。
君子万年，	保佑贵人万岁，
永锡祚胤[10]。	永赐后嗣福气。
其胤维何？	要问后嗣福气，
天被尔禄。	天降禄位于斯。
君子万年，	保佑贵人万岁，
景命有仆[11]。	好运层出不移。
其仆维何？	要问好运若何？
釐尔女士[12]。	赐你窈窕女士。
釐尔女士，	赐你窈窕女士，
从以孙子。	诞生儿孙济济。

【注释】

[1]介，助。

[2]殽同“肴”，菜肴。将，美味。

[3]高朗，高明（的开始）。令终，普终。

[4]俶（chù处），始，开头。
[5]公尸，扮演先王形象的巫师。
[6]笾（biān边）豆，盛肉菜果实的器具。静嘉，美好。
[7]匮（kuì愧），匮乏。
[8]锡，即“赐”，赐福。类，一说为朋类，一说为法则。
[9]壸（kǔn捆），广，都。
[10]祚（zuò做），福。胤（yìn印），子嗣。
[11]景命，大命，天命。仆，不断绝。
[12]釐（lí离），赐予，奉送。

凫鹥

【导读】

这是祭祀第二天，周王宴请、酬谢公尸时所唱的诗。

【评介】

“《凫鹥》，守成也。太平之君子，能持盈守成，神祇祖考安乐之也。”（《毛诗序》）

“此祭之明日，绎而宾尸之乐”（朱熹《诗集传》）

“《凫鹥》，亦为绎祭宴饮公尸之诗。”（陈子展《诗经直解》）

“这是周王祭祀祖先的第二天，为酬谢公尸请其赴宴（古称“宾尸”）时所唱的诗。”（程俊英《诗经译注》）

【原诗】	【译诗】
凫鹥在泾[1]，	鸭鸥浮水碧波静，
公尸来燕来宁[2]。	庙祝赴宴好安宁。

尔酒既清，　　你的美酒清又清，
尔肴既馨。　　你的菜肴百味馨。
公尸燕饮，　　庙祝赏光把酒饮，
福禄来成。　　福禄双双喜降临。

凫鹥在沙，　　鸭鸥嬉戏在沙滩，
公尸来燕来宜。　　庙祝赴宴好喜欢。
尔酒既多，　　你的美酒多又多，
尔肴既嘉。　　你的菜肴真好看。
公尸燕饮，　　庙祝赏脸来饮宴，
福禄来为。　　福禄双双降不完。

凫鹥在渚，　　鸭鸥嬉戏在水洲，
公尸来燕来处。　　庙祝赴宴乐心头。
尔酒既湑[3]，　　你的美酒真醇厚，
尔肴伊脯[4]。　　你的菜肴多肥肉。
公尸燕饮，　　庙祝吃肉不住口，
福禄来下。　　福禄双双喜临头。

凫鹥在潨[5]，　　鸭鸥浮水在河汊，
公尸来燕来宗[6]。　　庙祝上席来坐下。
既燕于宗，　　既然含笑坐上席，
福禄攸降。　　福禄双双降此家。
公尸燕饮，　　庙祝宴饮来品咂，
福禄来崇[7]。　　福禄双全赐你家。

凫鹥在亹[8]，　　鸭鸥浮水在峡门，
公尸来止熏熏[9]。　　庙祝莅临醉醺醺。

旨酒欣欣，	美酒痛饮真欢欣，
燔炙芬芬。	烧烤干肉香喷喷。
公尸燕饮，	庙祝宴饮吃个尽，
无有后艰[10]。	从此后患不挂心。

【注释】

[1]凫（fú扶），野鸭。鹥（yī衣），水鸥。泾，向前的波纹。

[2]公尸，扮神弄鬼的神职人员。

[3]湑（xū须），过滤后的美酒。

[4]脯（fǔ府），干肉。

[5]潨（zhōng中），河汊。

[6]燕，宴。宗，尊重。

[7]崇，重重，众多。

[8]亹（mén门），河水两旁对峙如门的山峡。

[9]熏熏，醉醺醺。

[10]后艰，后，以后。艰，不幸，患难。

假　乐

【导读】

这是宴饮之时，群臣赞美周王的诗，多歌功颂德之词。

【评介】

“《假乐》，嘉成王也。”（《毛诗序》）

“言王之德，既宜民人而受天禄矣，而天之于王，犹反覆眷顾之不厌，既保之右之命之，而又申重之也。疑此即公尸之所以答《凫鹥》”

（朱熹《诗集传》）

“《假乐》，嘉美成王能守成功之诗。”（陈子展《诗经直解》）

“这是周王宴会群臣、群臣歌功颂德的诗。”（程俊英《诗经译注》）

【原诗】	【译诗】
假乐君子[1]，	嘉美欢乐好大人，
显显令德[2]。	德行昭彰放光明。
宜民宜人，	用人得当安百姓，
受禄于天。	禄位得自上天尊。
保右命之，	上帝保佑发天命，
自天申之。	福禄一再降斯人。
干禄百福[3]，	千禄百福都来偿，
子孙千亿。	子孙千亿福绵长。
穆穆皇皇[4]，	恭敬肃穆又堂皇，
宜君宜王。	宜做君来宜做王。
不愆不忘[5]，	没有过犯不忘本，
率由旧章[6]。	一切遵循老规章。
威仪抑抑，	仪容威武貌堂堂，
德音秩秩[7]。	德行法令皆有常。
无怨无恶，	无人怨恨无人厌，
率由群匹[8]。	依靠群臣共商量。
受福无疆，	接受福禄永无疆，
四方之纲。	四方各地之主纲。
之纲之纪，	纲举目张治天下，
燕及朋友。	朋友平安欢宴康。

百辟卿士[9]，	全体诸侯与卿士，
媚于天子。	一起拥戴周天子。
不解于位[10]，	各守其位不懈息，
民之攸塈[11]。	万民归心齐努力。

【注释】

[1]假，嘉美。

[2]显显，光明貌。令德，美德。

[3]干，求。有疑“干”字为“千”字之讹。

[4]穆穆，肃穆状;皇皇，光明、堂皇状。

[5]愆，过错。

[6]率，都。由，遵守。旧章，老规章。

[7]秩秩，有秩序，有规律。

[8]群匹，群臣。

[9]百辟，诸侯王。卿士，臣僚。

[10]解，懈息。

[11]攸，所。塈（xì戏），归附。

公　刘

【导读】

这首诗上承《生民》，下启《绵》，叙述周王朝开国的历史。周祖先公刘为避夏桀之祸，率百姓自邰迁豳，后太王古公亶父再迁周于岐山。

【评介】

“《公刘》，召康公戒成王也。成王将莅政，戒以民事，美公刘之

厚于民，而献是诗也。”（《毛诗序》）

“旧说：召康公以成王将莅政，当戒以民事，故咏叹公刘之事以告之”（朱熹《诗集传》）

“《公刘》，叙述公刘去邰迁豳之诗。”（陈子展《诗经直解》）

“这是周人史诗之一，上承《生民〉，下接《绵》诗，叙述周人祖先公刘带领周民自邰迁豳的故事。”（程俊英《诗经译注》）

【原诗】	【译诗】
笃公刘[1]，	笃厚公刘王，
匪居匪康[2]。	不愿守安康。
乃埸乃疆[3]，	量地分田疆，
乃积乃仓。	米粮堆满仓。
乃裹糇粮[4]，	包裹熟干粮，
于橐于囊[5]，	小囊大袋装，
思辑用光[6]。	和睦有荣光。
弓矢斯张，	弓箭已开张，
干戈戚扬，	盾戈斧钺扬，
爰方启行[7]。	启程奔前方。
笃公刘，	笃厚公刘王，
于胥斯原[8]。	视察新地方。
既庶既繁，	富庶物产富，
既顺乃宣，	顺心又舒畅，
而无永叹。	没人吁嗟伤。
陟则在巘[9]，	登上小山冈，
复降在原。	下来平原上。
何以舟之？	何物随身佩？
维玉及瑶，	宝玉挂身上，

鞞琫容刀[10]。　　玉鞘好刀长。

笃公刘，　　笃厚公刘王，
逝彼百泉，　　去把百泉望，
瞻彼溥原[11]。　　远瞻平原广。
乃陟南冈，　　登上南山冈，
乃觏于京[12]。　　见此好地方。
京师之野，　　京师地势强，
于时处处，　　于是来定居，
于时庐旅。　　扎营建新房。
于时言言，　　有说有商量，
于时语语。　　戏声笑语响。

笃公刘，　　笃厚公刘王，
于京斯依。　　依凭京师旺。
跄跄济济[13]，　　济济人满堂，
俾筵俾几。　　开宴设几忙。
既登乃依，　　落坐靠几旁，
乃造其曹[14]。　　祭神求吉祥。
执豕于牢，　　圈里现捉猪，
酌之用匏[15]。　　大瓢盛酒浆。
食之饮之，　　群臣饮食饱，
君之宗之。　　共推好君王。

笃公刘，　　笃厚公刘王，
既溥既长。　　开荒广又长。
既景乃冈，　　测量登山冈，
相其阴阳。　　察其阴和阳。

观其流泉，　　观看泉水淌，
其军三单[16]。　　三军来驻防。
度其隰原，　　测度高低田，
彻田为粮。　　耕地种米粮。
度其夕阳，　　西行伴夕阳，
豳居允荒[17]。　　豳邑真宽广。

笃公刘，　　笃厚公刘王，
于豳斯馆。　　豳邑建宫忙。
涉渭为乱[18]，　　横渡渭水浪，
取厉取锻[19]。　　巨细取石方。
止基乃理，　　奠基依纹理，
爰众爰有。　　人多力量强。
夹其皇涧，　　宫室夹皇涧，
溯其过涧。　　上游过涧长。
止旅乃密[20]，　　移民多稠密，
芮鞫之即[21]。　　里外集涧旁。

【注释】

[1]笃（dǔ堵），忠厚。公刘，后稷的后代。

[2]匪居，不安居享福;匪康，不图安康。

[3]埸（yì义）、疆，划分田界。

[4]糇（hóu侯），干粮。

[5]橐（tuó驼），两头可扎系的口袋。

[6]辑，和睦团结。

[7]爰（yuán元），于是。方，开始。启行，动身出行。

[8]胥，考察。

[9]巘（yǎn眼），小山岗。

[10]鞞（bǐng丙），刀鞘。琫（běng），鞘口玉饰。
[11]溥（pǔ普），广阔。
[12]觏（gòu够），看到。
[13]跄跄（qiāng枪），走路节奏快。济济，人多状。
[14]造，告慰祭祀。曹，猪神。
[15]匏（páo刨），葫芦瓢。
[16]单，禅，轮流值日服役。
[17]豳（bīn宾），公刘平西戎后，将百姓迁于此。允荒，确实宽广。
[18]乱，横渡。
[19]厉，同砺，粗石。锻，细石。
[20]旅，居住。密，稠密。
[21]芮（ruì瑞），水湾之内；鞫（jū居），水湾之外。

泂 酌

【导读】

这首诗赞美周王得天下之心。

【评介】

“《泂酌》，召康公戒成王也。言皇天亲有德，飨有道也。”（《毛诗序》）

“《泂酌》，当是奴隶被迫自远地汲水者所作。此非奴才诗人之歌颂，而似奴隶歌手之讽刺。”（陈子展《诗经直解》）

“这是歌颂统治者能得民心的诗。”（程俊英《诗经译注》）

【原诗】	【译诗】
泂酌彼行潦[1]，	远把路边积水舀，
挹彼注兹[2]，	盛水缸坛满满倒，
可以馈饎[3]。	蒸菜煮饭都用到。
岂弟君子[4]，	德高行善那大人，
民之父母。	就像百姓父母好。
泂酌彼行潦，	远把路边渠水舀，
挹彼注兹，	这边那边满满倒，
可以濯罍[5]。	冲洗酒壶少不了。
岂弟君子，	德高行善那大人。
民之攸归。	百姓归心跟他跑。
泂酌彼行潦，	远把路边潭水舀，
挹彼注兹，	前后左右满满倒，
可以濯溉[6]。	洗涤冲用都需要。
岂弟君子，	德高行善大人在，
民之攸塈[7]。	百姓安居乐逍遥。

【注释】

[1]泂（jiǒng窘），远。行潦（lǎo老），路边积水。

[2]挹（yì义），舀起来。注，灌注。兹，指器皿。

[3]馈（fēn分），蒸。饎（chì赤），煮黍稷。

[4]岂弟，德行高大。

[5]濯（zhuó浊），洗涤。罍（léi雷），小酒坛。

[6]溉，清，清洁。一说溉为酒器。

[7]攸，所。塈（xì细），归心、归附。

卷　阿

【导读】

这首诗写周王游于卷阿，群臣献诗以答王恩。诗中描写游玩时的盛况，赞美周王贤德有威名。

【评介】

“《卷阿》，召康公戒成王也。言求贤用吉士也。”（《毛诗序》）

“此诗旧说亦召康公作，疑公从成王游歌于卷阿之上，因王之歌，而作此以为戒。”（朱熹《诗集传》）

“此诗据《易林》齐说，为召公避暑曲阿，凤凰来集，因而作诗。”（[清]王先谦《诗三家义集疏》）

“《卷阿》，当是召康公扈从成王避暑卷阿，颂德答歌而作。”（陈子展《诗经直解》）

“这是周王出游卷阿，诗人陈诗答王的歌。诗里歌颂周王礼贤求士，写了君臣出游、群臣献诗的盛况。”（程俊英《诗经译注》）

【原诗】	【译诗】
有卷者阿[1]，	七弯八转山窝窝，
飘风自南[2]。	南来疾风卷漩涡。
岂弟君子[3]，	和颜悦色那贵人，
来游来歌，	一路游历一路歌，
以矢其音[4]。	出口成章回声多。
伴奂尔游矣[5]，	潇潇洒洒尽情走，
优游尔休矣。	优游自在休息够。

岂弟君子，	和颜悦色那贵人，
俾尔弥尔性[6]，	要把性情壮志酬，
似先公酋矣[7]。	建功立业学先祖。
尔土宇昄章[8]，	你的版图与疆土，
亦孔之厚矣。	多么广阔看不够。
岂弟君子，	和颜悦色好贵人，
俾尔弥尔性，	要把性情壮志酬，
百神尔主矣。	主祭百神你为首。
尔受命长矣，	你受天命真长久，
茀禄尔康矣[9]。	福禄康健长享受。
岂弟君子，	和颜悦色好贵人，
俾尔弥尔性，	要把性情壮志酬，
纯嘏尔常矣[10]。	洪福伴你天下守。
有冯有翼[11]，	你有贤臣左右手，
有孝有德，	德音孝行夸不够，
以引以翼。	引导下级来辅助。
岂弟君子，	和颜悦色好贵人，
四方为则。	四方效法品行周。
颙颙卬卬[12]，	仪表从容志气昂，
如圭如璋，	如同玉玮与玉璋，
令闻令望。	口碑盛传有威望。
岂弟君子，	和颜悦色好贵人，
四方为纲。	四方以他为总纲。

凤皇于飞，　　　　五色凤凰天上飞，
翙翙其羽[13]，　　　　翅膀舞动羽毛美，
亦集爰止。　　　　背负青天彩云追。
蔼蔼王多吉士，　　　　君王贤臣数不尽，
维君子使，　　　　听从贵人来指挥，
媚于天子[14]。　　　　热爱天子紧跟随。

凤皇于飞，　　　　五色凤凰天上飞，
翙翙其羽，　　　　翅膀舞动羽毛美，
亦傅于天。　　　　背负青天彩云飞。
蔼蔼王多吉人，　　　　君王贤材多又美，
维君子命，　　　　服从命令听指挥，
媚于庶人。　　　　爱护人民不辞累。

凤皇鸣矣，　　　　凤凰鸣叫天下听，
于彼高冈。　　　　在那高冈有回音。
梧桐生矣，　　　　梧桐生长满树荫，
于彼朝阳。　　　　面向朝阳叶纷呈。
菶菶萋萋[15]，　　　　郁郁葱葱真茂盛，
雝雝喈喈。　　　　凤凰栖梧两和鸣。

君子之车，　　　　日看贵人马车队，
既庶且多。　　　　又多又好真感佩。
君子之马，　　　　且看贵人随骏马，
既闲且驰。　　　　迎风奔驰马路飞。
矢诗不多，　　　　敬献雅诗不为多，
维以遂歌[16]。　　　　为忝众臣赞歌美。

【注释】

[1]卷，弯曲。阿，山阿，丘陵。

[2]飘风，旋风。

[3]岂弟（kǎi tì 凯替），和颜悦色。

[4]矢，直言。

[5]伴奂（pàn huàn 盼换），潇洒尽情状。

[6]俾尔，使你。弥，充满，满足。性，心性志向。

[7]似，嗣，继承、效法。先公，先君。酋（qiú求），成就。

[8]昄（bǎn板）章，版图。

[9]茀（fú扶），福。

[10]纯嘏（gǔ古），大福，洪福。

[11]冯（píng平）、翼，辅助。

[12]颙（yóng拥第二声）颙，庄重。卬（áng昂）卬，轩昂。

[13]翙（huì会）翙，繁多，这里指羽毛振动状。

[14]媚，爱戴，听从。

[15]菶（běng琫）菶萋萋，枝繁叶茂。

[16]遂歌，对歌，添歌。

民　劳

【导读】

这是召穆公讽谏厉王的诗。厉王昏庸残暴，亲信奸佞，徭役繁重，使民不聊生，国家岌岌可危。召穆公作此诗劝诫厉王革除弊政、整治国家、安抚百姓。

【评介】

“《民劳》，召穆公刺厉王也。”（《毛诗序》）

“时赋敛重数，徭役繁多，人民劳苦，轻为奸宄，强陵弱，众暴寡，作寇害，故穆公以刺之。”（《笺》）

“序说以此为召穆公刺厉王之诗，以今考之，乃同列相戒之辞耳，未必专为刺王而发，然其忧时感事之意，亦可见矣。”（朱熹《诗集传》）

“《民劳》，召穆公大谏厉王之作。”（陈子展《诗经直解》）

“这是诗人劝告厉王安民防奸的诗。”（程俊英《诗经译注》）

【原诗】	【译诗】
民亦劳止，	百姓太辛劳，
汔可小康[1]。	请求稍歇脚。
惠此中国[2]，	惠顾都市人，
以绥四方[3]。	四方安抚好。
无纵诡随[4]，	莫受奸人骗，
以谨无良。	谨防歹徒闹。
式遏寇虐[5]，	遏止施横暴，
憯不畏明[6]。	不畏气焰高。
柔远能迩[7]，	远近爱护到，
以定我王。	君王江山保。
民亦劳止，	百姓太劳力，
汔可小休。	乞求暂休息。
惠此中国，	惠顾都市人，
以为民逑[8]。	百姓才云集。
无纵诡随，	莫受奸人骗，
以谨惛怓[9]。	谨防叫嚣起。

式遏寇虐，	遏止横暴施，
无俾民忧。	莫使民心急。
无弃尔劳，	前功不可弃，
以为王休[10]。	君王美誉起。

民亦劳止，	百姓太劳苦，
汔可小息。	要求能小憩。
惠此京师，	惠顾都市人，
以绥四国。	四方人心齐。
无纵诡随，	莫受奸人骗，
以谨罔极[11]。	谨防主意失。
式遏寇虐，	遏止虐暴施，
无俾作慝[12]。	不让恶行起。
敬慎威仪，	举止慎威仪，
以近有德。	思与贤德集。

民亦劳止，	百姓太劳疲，
汔可小愒[13]。	祈望歇口气。
惠此中国，	惠顾都市人，
俾民忧泄。	百姓忧伤离。
无纵诡随，	莫受奸人骗，
以谨丑厉。	谨防小丑起。
式遏寇虐，	遏止虐暴施，
无俾正败。	弘扬清正气。
戎虽小子[14]，	你虽小年纪，
而式弘大[15]。	作用难估计。

民亦劳止，	百姓太辛劳，

汔可小安。	只求暂安逸。
惠此中国，	惠顾都市人，
国无有残[16]。	国政无弊疾。
无纵诡随，	莫受奸人骗，
以谨缱绻[17]。	谨防党羽密。
式遏寇虐，	遏止虐暴施，
无俾正反。	无使正反移。
王欲玉女[18]，	我为君王好，
是用大谏。	故此谏诗急。

【注释】

[1]汔（qì气），请求，乞求。康，安定。

[2]中国，指四方诸侯国之中的周王朝首都一带。

[3]绥，安定。

[4]纵，听从。诡随，奸诡之随从。

[5]遏，遏止。寇，歹徒，坏人。虐，害人闹事。

[6]憯（cǎn惨），曾。不畏明，不怕他手段多高明、气焰多猖狂。

[7]柔远，照顾安抚远方。

[8]逑（qiú求），聚合。

[9]惛（hūn昏）怓（náo挠），喧嚣。

[10]休，美。

[11]罔极，无准则、无主意。

[12]俾，使。慝（tè特），恶。

[13]愒（qì气），歇息。

[14]戎，你，周王。小子，年轻。

[15]式，作用影响。弘，宽广。

[16]残，弊害。

[17]缱（qiǎn遣）绻（quǎn犬），纠结，结为私党。

[18]王，呼周王。欲，我为，我要。玉女，玉成你，使你象玉一般美好。

板

【导读】

周厉王暴虐，失政于民，逃往到彘。凡伯作此诗，借劝诫同僚之口，劝告厉王要勤政爱民，以安天下。

【评介】

“《板》，凡伯刺厉王也。”（《毛诗序》）

“序以此为凡伯刺厉王之诗，今考其意，亦与前篇相类，但责之益深切耳。”（朱熹《诗集传》）

“这是诗人假托劝告同事、实际上是劝告厉王的诗。”（程俊英《诗经译注》）

【原诗】	【译诗】
上帝板板[1]，	上帝多么反常，
下民卒瘅[2]。	天下百姓遭殃。
出话不然，	讲出话来违理，
为犹不远。	做事谋略不长。
靡圣管管[3]，	目无圣贤骄傲，
不实于亶[4]。	言而无信疏狂。
犹之未远，	国策甚无远见，
是用大谏。	因此痛谏君王。
天之方难，	老天正降灾难，
无然宪宪[5]。	不必这样欣然。
天之方蹶[6]，	老天正在动乱，
无然泄泄[7]。	不要胡乱叫喊。

辞之辑矣，	辞令法度合理，
民之洽矣[8]。	百姓融洽喜欢。
辞之怿矣，	辞令法度混乱，
民之莫矣[9]。	百姓疾苦难安。
我虽异事，	你我职务虽异，
及尔同寮。	与你同僚同事。
我即尔谋，	我来找你商量，
听我嚣嚣。	你却傲慢不置。
我言维服，	我言事关治理，
勿以为笑。	不要以为儿戏。
先民有言：	先人有话须记：
询于刍荛[10]。	“咨询樵夫谋计。”
天之方虐，	老天正施暴虐，
无然谑谑。	不要得意恣乐。
老夫灌灌[11]，	老夫诚恳相劝，
小子蹻蹻[12]。	小子骄横不过。
匪我言耄[13]，	非我人老话多，
尔用忧谑。	是你成心戏谑。
多将熇熇[14]，	为恶如火炽烈，
不可救药。	不可救药解脱。
天之方懠[15]，	老天正在发怒，
无为夸毗[16]。	不要卑躬磕头。
威仪卒迷，	威仪尊严混乱，
善人载尸[17]。	好人如尸闭口。
民之方殿屎[18]，	百姓正在呻吟，

则莫我敢葵[19]。	没人敢来救助。
丧乱蔑资[20]，	丧乱没有钱资，
曾莫惠我师。	谁肯施惠扶助？
天之牖民[21]，	老天诱导黎民，
如埙如篪[22]，	就像埙篪和音，
如璋如圭，	好似璋圭靠近，
如取如携。	有如提携相亲。
携无曰益，	提携别无障碍，
牖民孔易。	容易诱导百姓。
民之多辟，	人民置身乱世，
无自立辟。	擅立法度不行。
价人维藩[23]，	好人犹如篱藩，
大师维垣[24]。	大众好比墙垣。
大邦维屏[25]，	大国就象屏障，
大宗维翰[26]。	同宗有似梁椽。
怀德维宁，	怀德使民安全，
宗子维城[27]。	嫡子就是城垣。
无俾城坏，	莫使城垣毁坏，
无独斯畏。	不要孤立自怜。
敬天之怒，	敬畏上天之怒，
无敢戏豫。	不敢游戏欢愉。
敬天之渝，	敬畏天行之旨，
无敢驰驱。	不敢信马驱驰。
昊天曰明，	明白昊天意志，
及尔出王[28]。	践行彼此相依。

昊天曰旦，　　　　　　昊天白旦明鉴，
及尔游衍[29]。　　　　相携前行逶迤。

【注释】

[1]板板，反复无常，不正常。

[2]卒（cuì脆），瘁，疲劳得病。瘅（dǎn胆），病。

[3]靡圣，不把圣贤放在眼里。管管，自以为是状。

[4]不实，不能实现。亶（dǎn胆），诚信。

[5]无然，不要如此。宪宪，欣欣，欣然。

[6]蹶，骚乱。

[7]泄（yì义）泄，多嘴多舌状。

[8]辑，和缓、合理。

[9]莫，瘼，疾苦。

[10]刍（chú雏）荛（ráo饶），草与柴。指樵夫。

[11]灌灌，款款，诚恳劝说状。

[12]跻（jué决）跻，骄横状。

[13]耄（mào冒），老而多言。

[14]多将，多行不义。熇（hè贺）熇，火势旺盛。

[15]懠（qí齐），发怒。

[16]夸毗（pí皮），屈膝相随状。

[17]载，则。尸，扮神之人，畏而不言。

[18]殿屎（xī西），呻吟痛苦状。

[19]葵，庇护救助。

[20]蔑资，无资财。

[21]牖（yǒu友），诱导。

[22]埙（xūn勋），陶制吹奏乐器。篪（chí池），竹制管乐。

[23]价人，好人，善人，大人。维，是。藩，篱笆。

[24]大师，大众。垣，墙垣。

[25]大邦，大国。屏，屏障。

[26]大宗，周王同宗族人。翰，栋梁。

[27]宗子，嫡子。

[28]及，与。尔，你。王，往。

[29]游衍，逛游。

大雅·荡之什

荡

【导读】

这首诗控诉厉王之暴政，并假托文王之口，劝诫周厉王当以夏桀、商纣为鉴，勿重蹈覆辙。

【评介】

“《荡》，召穆公伤周室大坏也。厉王无道，天下荡荡，无纲纪文章，故作是诗也。”（《毛诗序》）

“这是诗人哀伤厉王无道、周室将亡的诗。全诗借托文王指斥殷纣王的手法以刺厉王，这种托古刺今的表现手法，可算是咏史诗的滥觞。”（程俊英《诗经译注》）

【原诗】	【译诗】
荡荡上帝[1]，	厉王如此放荡，
下民之辟[2]。	却是下民君王。
疾威上帝，	厉王何等暴虐，
其命多辟。	政令邪僻乖张。
天生烝民[3]，	天生民众百姓，
其命匪谌[4]。	政令不可信仰。
靡不有初，	事事开头好听，
鲜克有终[5]。	结果难以收场。
文王曰：咨[6]！	文王摇头叹气，
咨女殷商。	可叹你这殷商。

曾是强御，　　　　多么凶狠强暴，
曾是掊克[7]。　　　　多么聚敛贪赃。
曾是在位，　　　　盘踞高位之上，
曾是在服[8]。　　　　权势尽皆管掌。
天降滔德[9]，　　　　天降丧德君臣，
女兴是力[10]。　　　　你等为虎作伥。

文王曰：咨！　　　　文王摇头叹气，
咨女殷商。　　　　可叹你这殷商。
而秉义类[11]，　　　　你等忠义之臣，
强御多怼[12]。　　　　招致奸凶怨谤。
流言以对，　　　　流言诽语四起，
寇攘式内[13]。　　　　盗寇内外分赃。
侯作侯祝[14]，　　　　诅咒加害贤臣，
靡届靡究。　　　　无休无止栽赃。

文王曰：咨！　　　　文王摇头叹气，
咨女殷商。　　　　可叹你这殷商。
女炰烋于中国[15]，　　　　咆哮国中施威，
敛怨以为德。　　　　民怨当成颂唱。
不明尔德，　　　　缺乏自知之明，
时无背无侧。　　　　身后左右肮脏。
尔德不明，　　　　自知之明缺乏，
以无陪无卿。　　　　无人辅佐商量。

文王曰：咨！　　　　文王摇头叹气，
咨女殷商。　　　　可叹你这殷商。
天不湎尔以酒[16]，　　　　天未让你酗酒，

不义从式。	不义紊乱朝纲。
既愆尔止，	仪容举止失度，
靡明靡晦。	不知明暗短长。
式号式呼，	肆意呼喊叫嚷，
俾昼作夜。	颠倒日夜失常。
文王曰：咨！	文王摇头叹气，
咨女殷商。	可叹你这殷商。
如蜩如螗[17]，	百姓噤若寒蝉，
如沸如羹。	如在沸水被烫。
小大近丧[18]，	小者大者危亡，
人尚乎由行[19]。	贵人依然旧样。
内奰于中国[20]，	内怒遍及国中，
覃及鬼方[21]。	外怨遍及远方。
文王曰：咨！	文王摇头叹气，
咨女殷商。	可叹你这殷商。
匪上帝不时，	不是厉王不好，
殷不用旧。	殷商不守旧章。
虽无老成人，	虽无老成臣子，
尚有典刑[22]。	还有可行规章。
曾是莫听，	这些皆不听从，
大命以倾。	国家命运败亡。
文王曰：咨！	文王摇头叹气，
咨女殷商。	可叹你这殷商。
人亦有言：	古人亦曾言讲：
颠沛之揭[23]，	大树倒地根僵，

枝叶未有害，　　　　枝叶虽还未死，
本实先拨[24]。　　　　根本却已毁伤。
殷鉴不远，　　　　殷朝镜鉴不远，
在夏后之世！[25]　　　　应知夏桀败亡。

【注释】

[1]荡荡，放荡不守法度，

[2]辟（bì蔽），君主。

[3]烝（zhēng争），众多。

[4]谌（chén臣），诚信。

[5]鲜，少。克，能。

[6]咨（zī资），咨嗟，摇头嗟叹。

[7]掊（póu抔）克，搜括聚敛人民财物。

[8]在服，在任，窃据高位。

[9]滔德，指无德之君臣。

[10]女，你们。兴，助纣为虐。力，不遗余力。

[11]而，你等。秉义类，秉公忠义的臣僚。

[12]强御，勉强支撑。多怼（duì对），多怨。

[13]寇攘，盗窃公物。式内，在朝廷内。

[14]侯，有。作、祝，诅咒。

[15]炰（páo刨）烋（xiāo消），咆哮大吼。

[16]湎（miǎn免），沉溺于酗酒之中。

[17]蜩（tiáo条）螗（táng唐），知了。

[18]小大，大大小小。

[19]人，昏君乱臣等贵人"君子"。由行，遵循老路。

[20]奰（bì必），怒。

[21]覃（tán谈），延伸。鬼方，远方、外地。

[22]典刑，典章制度。

[23]颠沛，指大树翻倒。揭，树根突出。

[24]本，根本，树根部分。拨，败，毁坏。

[25]夏后之世，指商汤诛灭夏桀之日。又有周武王诛商纣的寓义。

抑

【导读】

这首诗可能是卫国武公所作，“他劝告周王守礼修德，谨言慎行；刺他昏庸骄满，愚昧无知。”（程俊英《诗经译注》），也有自警自诫之意。

【评介】

“《抑》，卫武公刺厉王，亦以自警也。”（《毛诗序》）

“卫武公作此诗，使人日诵于其侧以自警。”（朱熹《诗集传》）

“韩说曰：‘卫武公刺王室，亦以自戒。计年九十有五，犹使人日诵是诗而不离于其侧。’”（[清]王先谦《诗三家义集疏》）

“《抑篇》，又名《懿戒》，卫武公自儆之诗。”（陈子展《诗经直解》）

“这是周王朝一位老臣劝告、讽刺周王的诗。”（程俊英《诗经译注》）

【原诗】	【译诗】
抑抑威仪[1]，	仪表威严端正，
维德之隅[2]。	正与美德映衬。
人亦有言：	古人亦有格言：
靡哲不愚。	“智者有时也笨。”
庶人之愚，	平常人们愚笨，

亦职维疾。	也是本身毛病。
哲人之愚，	智者若是愚笨，
亦维斯戾[3]。	反常令人心惊。
无竞维人[4]，	国强须得贤人，
四方其训之。	四面八方听命。
有觉德行，	德行正大光明，
四国顺之。	邻近四国依顺。
讦谟定命[5]，	政治策略制定，
远犹辰告[6]。	长远谋划告民。
敬慎威仪，	谨保仪表威严，
维民之则。	成为人民依准。
其在于今，	世道至于现今，
兴迷乱于政。	国政混乱不宁。
颠覆厥德，	德行彻底沦丧，
荒湛于酒[7]。	酗酒荒变事情。
女虽湛乐从，	你虽欢乐宴饮，
弗念厥绍[8]。	不念帝业传承。
罔敷求先王[9]，	未能广求遗命，
克共明刑。	来把明法执行。
肆皇天弗尚，	如今皇天不佑，
如彼泉流，	就像泉水白流，
无沦胥以亡[10]。	君臣沦亡到头。
夙兴夜寐，	理应早起晚休，
洒扫庭内，	洒扫宫廷群楼，
维民之章。	百姓表率带头。

修尔车马，　　　　你要维修车马，
弓矢戎兵，　　　　整理弓箭武器，
用戒戎作，　　　　防止战争兴起，
用逖蛮方[11]。　　　用来征服蛮夷。

质尔人民，　　　　治理黎民百姓，
谨尔侯度，　　　　谨守法度勘定，
用戒不虞。　　　　以防祸事来临。
慎尔出话，　　　　讲话千万谨慎，
敬尔威仪，　　　　仪表威严端正，
无不柔嘉。　　　　时时和蔼可亲。
白圭之玷[12]，　　　白玉若有污点，
尚可磨也。　　　　尚可打磨干净。
斯言之玷，　　　　说话惹出毛病，
不可为也。　　　　不可挽回改正。

无易由言，　　　　不可轻易发言，
无曰苟矣，　　　　莫说“开口随便，
莫扪朕舌[13]。　　　没人扪我舌尖。”
言不可逝矣。　　　言出难于追谏。
无言不雠，　　　　有言必有影响，
无德不报。　　　　有德必有应验。
惠于朋友，　　　　恩惠施于朋友，
庶民小子。　　　　百姓子弟爱怜。
子孙绳绳[14]，　　　子孙后代谨慎，
万民靡不承。　　　万民皆听调遣。

视尔友君子，　　　见到贵人朋友，

辑柔尔颜，	脸色笑中带柔，
不遐有愆。	谨防过失临头。
相在尔室，	看你独处室内，
尚不愧于屋漏。	尚不愧对灵修。
无曰不显，	莫道“内室不亮，
莫予云觏[15]。	没人看我行走。”
神之格思，	天上神灵降临，
不可度思，	难以想象测度，
矧可射思[16]？	岂能揣摩测度？

辟尔为德，	修明完善德行，
俾臧俾嘉。	使之完美清静。
淑慎尔止，	举止行为谨慎，
不愆于仪。	仪表不失端正。
不僭不贼[17]，	无过亦不伤人，
鲜不为则。	尽量皈依标准。
投我以桃，	人家赠我鲜桃，
报之以李。	我用李子回敬。
彼童而角，	乱讲羊羔长角，
实虹小子[18]。	实在哄你年轻。

荏染柔木，	坚韧柔顺木头，
言缗之丝[19]。	制琴安弦调弄。
温温恭人，	温良恭敬好人，
维德之基。	道德根基倚重。
其维哲人，	他乃聪慧之人，
告之话言，	把那格言奉送，
顺德之行。	依照道德而动。

其维愚人，	他乃糊涂之人，
覆谓我僭，	反说我错无用，
民各有心。	人各有心难弄。
於乎小子！	叹你年轻后生，
未知臧否[20]。	好坏你都不明。
匪手携之，	非但提携过你，
言示之事。	也曾指示事情。
匪面命之，	非但当面致诲，
言提其耳。	也曾拎耳施训。
借曰未知，	若说你不醒事，
亦既抱子。	也已抱有幼婴。
民之靡盈，	做人就怕无知，
谁夙知而莫成[21]？	有谁早慧晚成？
昊天孔昭，	老天明白一切，
我生靡乐。	念我一生不乐。
视尔梦梦[22]，	看你懵懵懂懂，
我心惨惨。	我心闷闷难过。
诲尔谆谆，	谆谆教诲于你，
听我藐藐。	你难听进心窝。
匪用为教，	不以我言为教，
覆用为虐。	反当笑谑来说。
借曰未知，	若说你未知识，
亦聿既耄[23]。	亦像老迈不过。
於乎小子！	叹你年轻人儿，
告尔旧止。	我来告你旧礼。

听用我谋，	你若听我计谋，
庶无大悔。	不会悔恨莫及。
天方艰难，	老天正降灾难，
曰丧厥国。	只怕丧国有日。
取譬不远，	就近来举例子，
昊天不忒[24]。	老天赏罚有知。
回遹其德[25]，	若你德丧不补，
俾民大棘[26]。	百姓大祸在即！

【注释】

[1]抑抑，慎密，讲究。

[2]隅，同偶，匹配。

[3]戾（lì力），这里指善、智而言；大智若愚。

[4]无，发语词。竞，强盛。维，在于。人，贤人。

[5]讦（xū虚），大。谟（mó膜），计谋。

[6]远犹，长远战略。辰，时常，有时。

[7]荒湛（dān丹），指沉湎于酗酒之中。

[8]绍，传承。

[9]罔，没有。敷，广泛。先王，指先王驭国大法。

[10]无，发语词。沦胥，相率，相继。

[11]逖（tì剃），剪除、征服。蛮方，边远少数民族。

[12]玷（diàn店），污点。

[13]扪（mén门），捂住。朕，我。古代一人称。到了秦代才为帝王专称。

[14]绳绳，小心谨慎。

[15]覯（gòu够），看见。

[16]矧（shěn沈），况且。射，期望，揣度。

[17]僭（jiàn见），过错。贼，害人。

[18]虹（hòng讧），惑乱，哄骗。小子，指周王。这两句是说：你要以

为童（小羊）长角，那是人在哄你。

[19]缗（mín民），绳，此处作动词用，安上。丝，弦。指安放琴弦。

[20]臧，善。否（pǐ匹），恶。

[21]夙知，早慧，年少而聪明。莫，暮，晚。

[22]梦梦，昏昏然，稀里糊涂。

[23]聿（yù玉），语助词。耄（mào冒），老迈。

[24]不忒（tè特），没有偏差。

[25]回遹（yù玉），邪僻。

[26]棘，灾祸。

桑 柔

【导读】

这首诗的内容是大臣芮伯指责周厉王的残暴昏庸，忠奸不分，祸国殃民。

【评介】

“《桑柔》，芮伯刺厉王也。”（《毛诗序》）

“厉王肆行暴虐，以败其成业，王室忽焉凋弊，如桑之既采，民失其荫而受其病。故君子忧之不绝于心，悲闵之甚而至于病，遂号天而诉之也。”（朱熹《诗集传》）

“鲁说曰：‘昔周厉王好专利，芮良夫谏而王不入，退赋《桑柔》之诗以讽。’”（[清]王先谦《诗三家义集疏》）

“《桑柔》，芮伯刺厉王，责执政同僚之诗。”（陈子展《诗经直解》）

“这是周厉王的大臣芮良讽刺厉王的诗。诗中反映了周厉王时国政昏乱、君王无道、奸臣得宠、人民受难的情况。怨恨自己一片忠心得不到厉王重用。”（程俊英《诗经译注》）

【原诗】	【译诗】
菀彼桑柔[1]，	桑叶密密青又柔，
其下侯旬[2]。	桑树底下绿荫稠。
捋采其刘[3]，	采捋桑树光秃秃，
瘼此下民。	害得百姓把苦受。
不殄心忧[4]，	不尽愁思心头忧，
仓兄填兮[5]。	凄怆充塞满胸口。
倬彼昊天[6]，	叫声皇天能明察，
宁不我矜[7]。	何不哀怜且宽宥？
四牡骙骙，	四马拉车急匆匆，
旟旐有翩[8]。	旌旗飘扬鼓逆风。
乱生不夷，	灾乱丛生恐惧同，
靡国不泯。	到处动荡乱哄哄。
民靡有黎[9]，	百姓都在守贫穷，
具祸以烬。	遭逢大乱燃草棚。
于乎有哀！	可叹悲哀满心胸，
国步斯频[10]。	国势飘摇如转篷。
国步蔑资，	国势飘摇无资财，
天不我将。	老天不助贫困来。
靡所止疑，	没有处所可栖身，
云徂何往？	欲走不知步怎迈。
君子实维，	贵人确实忧心在，
秉心无竞。	下定决心不摇摆。
谁生厉阶[11]？	究竟是谁起祸灾？
至今为梗。	直到如今把人害。

忧心殷殷，　　满心忧愁真难受，
念我土宇。　　思念老家念故土。
我生不辰，　　我生不逢好时辰，
逢天僤怒[12]。　　正遇老天直发怒。
自西徂东，　　从东到西忙奔走，
靡所定处。　　无法定居在一头。
多我觏痻[13]，　　满目疮痍已看够，
孔棘我圉[14]。　　边防吃紧拒敌寇。

为谋为毖[15]，　　谋划谨慎又小心，
乱况斯削。　　混乱情况可减轻。
告尔忧恤，　　要你心中忧国难，
诲尔序爵。　　教你选官用贤人。
谁能执热，　　若要驱去暑气蒸，
逝不以濯[16]？　　不冲凉水怎能行？
其何能淑？　　倘若政事不贤明，
载胥及溺[17]。　　大家落水齐丧生。

如彼溯风，　　好似迎着风头上，
亦孔之僾[18]。　　呼吸费力不舒畅。
民有肃心，　　尽管人有进取心，
荓云不逮[19]。　　时局使他难帮忙。
好是稼穑，　　种好这片庄稼地，
力民代食。　　自食其力吃饭香。
稼穑维宝，　　粮食才是宝中宝，
代食维好。　　自食其力真欢畅。

天降丧乱，　　老天来把灾荒降，

灭我立王[20]。	田园荒芜粮不长。
降此蟊贼[21]，	蟊虫贼虫遍地降，
稼穑卒痒。	处处庄稼都啃光。
哀恫中国，	哀我中国实堪伤，
具赘卒荒[22]。	阡陌纵横处处荒。
靡有旅力，	大伙有气皆无力，
以念穹苍。	引颈长叹望上苍。
维此惠君，	这位君王施仁惠，
民人所瞻。	百姓瞻望其光辉。
秉心宣犹，	秉性明朗又公正，
考慎其相。	考察国相真慎微。
维彼不顺，	那个国王理不顺，
自独俾臧。	独断专横把民悖。
自有肺肠，	别有一副坏肠肺，
俾民卒狂。	百姓狂乱遭折摧。
瞻彼中林，	瞧那密密树林中，
甡甡其鹿[23]。	鹿儿成群喜相逢。
朋友已谮[24]，	朋友彼此起谗言，
不胥以穀[25]。	相互心事难沟通。
人亦有言：	人们都在摇头叹：
进退维谷。	进退两难真困窘！
维此圣人，	只有智者眼力好，
瞻言百里。	张眼看到百里遥。
维彼愚人，	你看那个愚蠢人，
覆狂以喜。	反而狂妄笑声高。

匪言不能，　　　　　并非不能挑明说，
胡斯畏忌。　　　　　为何顾忌胆子小？

维此良人，　　　　　这位好心善良人，
弗求弗迪[26]。　　　 不求功名不钻营。
维彼忍心，　　　　　那个家伙好残忍，
是顾是复。　　　　　反复无常作践真。
民之贪乱，　　　　　百姓被逼起暴乱，
宁为荼毒！　　　　　遭受荼毒难安身。

大风有隧，　　　　　大风劲吹速度快，
有空大谷。　　　　　峡谷空旷两山开。
维此良人，　　　　　只有这位善良人，
作为式榖[27]。　　　 多做好事众称快。
维彼不顺，　　　　　那个家伙太无理，
征以中垢。　　　　　宫内荒淫门不开。

大风有隧，　　　　　大风劲吹快如飞，
贪人败类。　　　　　贪欲之人是败类。
听言则对，　　　　　一听恭维就答对，
诵言如醉。　　　　　听到讽谏装酒醉。
匪用其良，　　　　　不但不听忠良言，
覆俾我悖[28]。　　　 反而骂我情理悖。

嗟尔朋友！　　　　　叫声朋友听我言，
予岂不知而作？　　　我岂不知你所为。
如彼飞虫，　　　　　如同鸟儿天上飞，
时亦弋获[29]。　　　 有时中箭肉一堆。

既之阴女，　　我本一直庇佑你，
反予来赫。　　你却恐吓把我摧。

民之罔极，　　人心不明怅惘多，
职凉善背。　　受你欺骗与折磨。
为民不利，　　专行不利百姓事，
如云不克。　　还嫌恶行不够多。
民之回遹[30]，　　百姓纷纷回避你，
职竞用力。　　怕你暴力惹大祸。

民之未戾[31]，　　百姓动荡不安定，
职盗为寇。　　窃国大盗由你行。
凉曰不可，　　诚心劝你莫胡来，
覆背善詈[32]。　　你反骂我不是人。
虽曰匪予[33]，　　虽然你在挖苦我，
既作尔歌。　　终究作歌让你听。

【注释】

[1]菀（wǎn晚），茂盛。桑柔，柔嫩的桑树。

[2]侯，是。旬，浓荫。

[3]捋（luō啰），采。刘，稀疏，光秃秃。

[4]殄（tiǎn舔），断绝。

[5]仓兄，凄怆、仓皇。

[6]倬（zhuō桌），光明。

[7]矜（jīn今），哀怜。

[8]旟（yú于）旐（zhào赵），饰有鹰隼龟蛇图案的旗帜。有翩，翩翩飘扬。

[9]黎，众多。

[10]国步，国运。斯，如此。频，危难。

[11]厉阶，祸根。

[12]俾（dàn旦），大怒、盛怒。

[13]觏（gòu够）痻（mín民），看到或遭逢患乱。

[14]孔，很。棘，危急。圉（yǔ羽），边疆。

[15]毖（bì必），谨慎。

[16]逝，发语词。濯（zhuó浊），冲凉。

[17]载，就。胥，都。

[18]僾（ài艾），呼吸不畅。

[19]荓（bīng兵），使。不逮，赶不上。

[20]立王，谷粒长而旺。

[21]蟊（máo矛）贼，吃苗根、苗茎的害虫。

[22]赘（zhuì坠），相连。卒，都。

[23]甡（shēn申）甡，莘莘，众多。

[24]谮（jiàn荐），不相信而生怨。

[25]胥，相。穀（gǔ古），善。

[26]迪，进，钻营。

[27]式，语助词。穀（gǔ古），善。

[28]覆，反而。俾，使。悖，违背常理。

[29]时，有时。弋获，中箭被抓。

[30]回遹（yù玉），邪僻。

[31]戾，善，安定。

[32]背，背后。詈（lì力），骂。

[33]匪予，说我不好。

云 汉

【导读】

这首诗记叙大旱之年，宣王祈神求雨，造福百姓。

【评介】

“《云汉》，仍叔美宣王也。宣王承厉王之烈，内有拨乱之志，遇灾而惧，侧身修行，欲销去之。天下喜于王化复行，百姓见忧，故作是诗也。”（《毛诗序》）

“旧说以为宣王承厉王之烈，内有拨乱之志，遇灾而惧，侧身修行，欲销去之。天下喜于王化复行，百姓见忧，故仍叙作此诗以美之。言云汉者，夜晴则天河明，故述王仰诉于天之词如此也。”（朱熹《诗集传》）

“这是周宣王求神祈雨的诗。”（程俊英《诗经译注》）

【原诗】	【译诗】
倬彼云汉[1]，	银河又长又宽，
昭回于天[2]。	莹莹光辉流转。
王曰：于乎！	君王仰天长叹：
何辜今之人？	当今无辜百姓，
天降丧乱，	为何天降灾难？
饥馑荐臻[3]。	饥荒苦楚般般。
靡神不举，	没有神灵不祭，
靡爱斯牲。	牲畜献祭连连。
圭璧既卒，	圭璧宝器用完，
宁莫我听！	天何不纳善言？

旱既太甚，　　　　旱灾非常严重，
蕴隆虫虫[4]。　　　　暑天闷若蒸笼。
不殄禋祀[5]，　　　　祭祀忙碌不止，
自郊徂宫。　　　　郊外祭到庙宫。
上下奠瘗[6]，　　　　上下祭美天地，
靡神不宗。　　　　诸神皆予供奉。
后稷不克，　　　　后稷难以救灾，
上帝不临。　　　　上帝不顾民众。
耗斁下土[7]，　　　　下界皆遭苦难，
宁丁我躬[8]！　　　　我独与灾遭逢。

旱既太甚，　　　　旱灾如此肆威，
则不可推。　　　　难以驱赶逐推。
兢兢业业，　　　　成天颤颤惊惊，
如霆如雷。　　　　如畏霹雳炸雷。
周余黎民，　　　　周地所剩百姓，
靡有孑遗。　　　　大都亡命成鬼。
昊天上帝，　　　　叫声苍天上帝，
则不我遗。　　　　不肯赐粮抚慰。
胡不相畏？　　　　先祖怎不可畏？
先祖于摧。　　　　后代尽皆折摧。

旱既太甚，　　　　旱灾这样残酷，
则不可沮。　　　　不可把它挡阻。
赫赫炎炎，　　　　赤日炎炎如火，
云我无所。　　　　难找躲避处所。
大命近止，　　　　生命即将停止，
靡瞻靡顾。　　　　神灵仍不看顾。

群公先正[9]，	那些公卿大人，
则不我助。	哪肯前来帮助。
父母先祖，	叫声父母先祖，
胡宁忍予？	忍心让儿受苦？
旱既太甚，	旱灾如此残酷，
涤涤山川[10]。	山河皆已干枯。
旱魃为虐[11]，	旱魔逞凶为虐，
如惔如焚[12]。	大地变成焦土。
我心惮暑，	我心害怕暑热，
忧心如熏。	好似火熏肌肤。
群公先正，	那些公卿大人，
则不我闻。	对我不听不顾。
昊天上帝，	叫声老天上帝，
宁俾我遁！	使我如此苦楚。
旱既太甚，	旱灾这样凶暴，
黾勉畏去[13]。	努力任职不逃。
胡宁瘨我以旱[14]？	为何旱灾害我？
憯不知其故[15]。	原因难以查找。
祈年孔夙[16]，	祈年祭神很早，
方社不莫[17]。	社神及时祈祷。
昊天上帝，	叫声老天上帝，
则不我虞。	怎不为我思考？
敬恭明神，	恭敬供奉神火，
宜无悔怒。	神灵不该气恼。
旱既太甚，	旱灾这样猖狂，

散无友纪。　　大家松散无纲。
鞫哉庶正[18]，　　公卿官长无法，
疚哉冢宰[19]。　　当朝相爷傍徨。
趣马师氏[20]，　　马官连同待卫，
膳夫左右。　　差役还有膳长。
靡人不周，　　没有一人不忙，
无不能止。　　无不劳苦担当。
瞻卬昊天，　　仰望晴朗上苍，
云如何里？　　何时方是收场？

瞻卬昊天，　　抬头仰望苍天，
有嘒其星[21]。　　星光儿亮晶晶。
大夫君子，　　那些高官贵人，
昭假无赢。　　祭神并无偏心。
大命近止，　　哪怕生命将近，
无弃尔成。　　成功之心尚存。
何求为我？　　求神岂是为己？
以戾庶正。　　为了安抚官卿。
瞻卬昊天[22]，　　抬头仰望苍天，
曷惠其宁？　　何时赐下安宁？

【注释】

[1]倬（zhuō卓），浩潮，广大。云汉，银河。

[2]昭，光明。回，流转。

[3]荐，屡屡。臻，至，达到。

[4]蕴，煴，闷热。隆，旺盛。虫虫，热气升腾状。

[5]殄（tiǎn舔），停止。禋祀，祭祀。

[6]上下，天地。瘗（yì义），埋祭品以敬地神。

[7]耗斁（dù杜），损坏。
[8]丁，碰到。躬，自身。
[9]先正，先代贤臣。
[10]涤涤，山秃水枯状。
[11]魃（bá拔），旱魔。
[12]惔（tán谈），焚烧。
[13]黾（mǐn敏）勉，努力。畏去，不敢离任弃职。
[14]瘨（diān颠），病害。
[15]憯（cǎn惨），曾经。
[16]祈年，祈求丰年。孔夙，很早。
[17]方社，祭四方土地社神。莫，暮，迟。
[18]鞫（jū居），穷而无所措。正，官员们。
[19]疚（jiù旧），忧心。冢宰，即后世宰相之职。
[20]趣马，马官。师氏，侍卫长。
[21]嘒（huì会），小而多。
[22]卬（áng昂），仰。昊天，苍天。

崧　高

【导读】

这首诗写宣王母舅申伯贤德有功，受封于谢，宣王另派召伯为其修建城池。大臣尹吉甫作此诗为申伯送行。

【评介】

“《崧高》，君吉甫美宣王也。天下复平，能建国亲诸侯，褒赏申伯焉。”（《毛诗序》）

“宣王之舅申伯，出封于谢，而君吉甫作诗以送之”（朱熹《诗集传》）

“此诗与下篇《烝民》，同为君吉甫赠送之作。一送申伯，一送仲山甫，以二臣位相亚，名相符，才德又相配，故于二臣之行也，特赠诗以美之。”（方玉润《诗经原始》）

“这是尹吉甫赠送申伯的诗。”（程俊英《诗经译注》）

【原诗】	【译诗】
崧高维岳[1]，	五岳之中崧山傲，
骏极于天。	险峻巍峨插云霄。
维岳降神，	中岳降下神灵来，
生甫及申[2]。	申伯、山甫诞生了。
维申及甫，	若论申伯、仲山甫，
维周之翰。	辅佐周朝本领高。
四国于蕃，	且把四国当屏保，
四方于宣。	教化四方来修好。
亹亹申伯[3]，	勤勉政事是申伯，
王缵之事[4]。	周王之事来辅佐。
于邑于谢，	南阳封地为谢邑，
南国是式。	南国诸侯学楷模。
王命召伯，	周王下令召伯虎，
定申伯之宅。	营建宫室为申伯。
登是南邦，	建成谢邑掌南国，
世执其功。	世代相袭职权多。
王命申伯，	周王下令申伯听：
式是南邦。	“南国楷模你担承。

[3]亹（wěi伟）亹，勤勉不息。

[4]王缵（zuǎn纂），王指周宣王。缵，秉承、辅佐。

[5]庸，墉，城邑。

[6]傅，太傅。御，侍御官。

[7]俶（chù处），善，规模宏大。

[8]藐藐，威武华美。

[9]跻跻，矫健。

[10]钩膺，马缨上的钩带。濯濯，有光泽。

[11]锡，赐予。介圭，大圭。圭为玉制礼器。

[12]迈（jī积），语气助词。

[13]信迈，领命出发。

[14]峙（zhì至），储备。粻（zhāng章），粮食。

[15]式，用。遄（chuán传），快疾。

[16]番（bō波）番，威武勇猛。

[17]徒御，步行与坐车的随行人员。啴（tān贪）啴，众多。

[18]戎，你们。翰，栋梁。

[19]宪，楷模。

[20]揉，安抚。

[21]吉甫，尹吉甫，周宣王大臣。讨伐猃狁的功臣。作诵，作歌。

烝 民

【导读】

这首诗写仲山甫奉宣王之命前往齐地修建新的城池，大臣尹吉甫作此诗为其送行，并赞美仲山甫的美德和功绩。

【评介】

“《烝民》，尹吉甫美宣王也，任贤使能，周室中兴焉。”(《毛诗序》)

“宣王命樊侯仲山甫筑城于齐，而尹吉甫作诗以送之。”（朱熹《诗集传》）

“《烝民》，送仲山甫筑城于齐，怀柔东诸侯也。”（方玉润《诗经原始》）

“《烝民》，宣王命仲山甫徂齐，城彼东方，尹吉甫送行之作。”（陈子展《诗经直解》）

“这是尹吉甫送别仲山甫的诗。周宣王派仲山甫筑城于齐，在他临行时，尹吉甫作了这首诗赠他。诗中赞扬仲山甫的美德和他辅佐宣王的政绩。”（程俊英《诗经译注》）

【原诗】	【译诗】
天生烝民[1]，	天生万民百姓，
有物有则。	各依法则运行。
民之秉彝[2]，	民有常情秉性，
好是懿德[3]。	爱好美德人伦。
天监有周，	老天庇佑周代，
昭假于下。	上下皆显光明。
保兹天子，	为周天子辅佐，
生仲山甫[4]。	把仲山甫降生。
仲山甫之德，	仲山甫有美德，
柔嘉维则。	柔和不失原则。
令仪令色，	仪态容颜俱好，
小心翼翼。	小心翼翼待客。
古训是式，	仿效古人遗训，
威仪是力。	讲究威仪礼节。

天子是若，	领会天子意旨，
明命使赋。	明令官民贯彻。
王命仲山甫：	王令山甫听着，
式是百辟[5]。	做那诸侯楷模。
缵戎祖考[6]，	继承祖父事业，
王躬是保。	要把天子辅佐。
出纳王命，	传达周王命令，
王之喉舌。	有如喉舌确凿。
赋政于外，	政策颁布各处，
四方爰发。	四方施行不错。
肃肃王命，	王命严肃高贵，
仲山甫将之。	山甫执行无违。
邦国若否，	国政是好是坏，
仲山甫明之。	山甫判明错对。
既明且哲，	开明又兼聪明，
以保其身。	保全声名无毁。
夙夜匪解[7]，	日夜勤政不懈，
以事一人。	侍奉周王不累。
人亦有言：	人们常引古话：
柔则茹[8]之，	软物可以吞下，
刚则吐之。	硬物张口吐它。
维仲山甫，	只有仲山甫啊，
柔亦不茹，	软物不肯吞下，
刚亦不吐。	硬物偏不吐它。
不侮矜寡，	不愿欺负鳏寡，

不畏强御。	遇到强暴不怕。

人亦有言:	人们常常谈到:
德輶如毛[9],	德行轻如鸿毛,
民鲜克举之。	很少有人举超。
我仪图之,	我心暗自思忖,
维仲山甫举之,	山甫德行真高,
爱莫助之。	爱他亦难达到。
衮职有阙[10],	倘若挂破龙袍,
维仲山甫补之。	山甫才能补好。

仲山甫出祖[11],	山甫出差在外,
四牡业业[12],	四马奔腾飞快,
征夫捷捷,	随从敏捷赶路,
每怀靡及。	还怕距离拉开。
四牡彭彭,	四马蹬蹬生风,
八鸾锵锵。	八铃叮当齐摆。
王命仲山甫,	周王命令山甫,
城彼东方。	东方修筑城寨。

四牡骙骙,	四匹骏马飞奔,
八鸾喈喈。	八只铃响动听。
仲山甫徂齐[13],	山甫去那齐国,
式遄其归[14]。	愿他早日返程。
吉甫作诵,	吉甫吟诵此歌,
穆如清风。	歌如清风宜人。
仲山甫永怀,	山甫挂念故国,
以慰其心。	赋诗安慰其心。

【注释】

[1]烝（zhēng征），众多。

[2]彝，常理常性。

[3]好（hào号），喜欢。是，这。懿（yì义），美好。

[4]仲山甫，周宣王大臣，封地在樊（河南济源）

[5]式，做法式、楷模。百辟，百官诸侯。

[6]缵（zuǎn纂）戎，继承你家。祖考，先祖先父。

[7]夙夜，早晚。解，懈怠。

[8]茹（rú如），吃掉。

[9]輶（yóu尤），轻。

[10]衮（gǔn滚），官服。职，适逢。阙，破。

[11]出祖，出差前往。祖同徂。

[12]牡，公马。业业，高大有力。

[13]徂齐，到齐地去。一说仲山甫封地在齐，说去平齐乱。

[14]式，用。遄（chuán传），疾快。

韩　奕

【导读】

这是一首赞美韩侯的诗。前四章写韩侯入朝觐见，受周宣王封赏，归途中娶厉王的外甥女为妻；后两章描绘了韩国的富饶和强大。

【评介】

“《韩奕》，尹吉甫美宣王也。能锡命诸侯。”（《毛诗序》）

“韩侯初立来朝，始受王命而归，诗人作此诗送之。”（朱熹《诗集传》）

“《韩奕》，叙述宣王锡命韩侯之作。”（陈子展《诗经直解》）

“这是一位诗人歌颂韩侯的诗。”“诗里叙述韩侯朝周，受王册命，周王赏赐他许多贵重物品。离开镐京后，路经屠邑，抵达蹶里，与韩姞结婚。还描写了韩地物产丰富，韩姞乐得其所。最后周王任命韩侯为统率北方诸侯的方伯。”（程俊英《诗经译注》）

【原诗】	【译诗】
奕奕梁山[1]，	梁山高高入云端，
维禹甸之，	大禹治水曾探勘，
有倬其道[2]。	一条大道宽又宽。
韩侯受命[3]，	韩侯进朝受册命，
王亲命之：	周王亲自把话谈：
缵戎祖考[4]，	继承祖业传后代，
无废朕命。	君命切莫置等闲。
夙夜匪解，	早晚勤政莫懈怠，
虔共尔位。	忠于职守休畏难。
朕命不易，	君王册命不变易，
榦不庭方[5]，	征讨狂妄自大蕃，
以佐戎辟。	辅佐君王天下安。
四牡奕奕，	四匹马儿精神旺，
孔修且张。	身材高大肥又壮。
韩侯入觐[6]，	韩侯来见周天子，
以其介圭，	手执玉圭进殿堂，
入觐于王。	进了殿堂拜君王。
王锡韩侯：	王把韩侯来赏赐，
淑旂绥章。	锦绣龙旗以嘉奖。
簟茀错衡[7]，	又送彩车铺好席，

玄衮赤舄[8]。	衮龙袍子红靴亮。
钩膺镂钖，	宝马鞍具花纹巧，
鞹鞃浅幭[9]，	虎皮蒙在车轼上，
鞗革金厄。	辔轭金环闪光芒。
韩侯出祖，	韩侯离朝回家邦，
出宿于屠[10]。	途中住宿屠城厢。
显父饯之[11]，	显父为他来饯行，
清酒百壶。	清酒百壶喷喷香。
其殽维何？	要问荤菜有什么？
炰鳖鲜鱼[12]。	清蒸大鳖鲜鱼汤。
其蔌维何[13]？	要问素菜有什么？
维笋及蒲。	鲜嫩竹笋蒲菜长。
其赠维何？	要问馈赠是何物，
乘马路车。	高车驷马立路旁。
笾豆有且[14]，	杯盘碗盏排成行，
侯氏燕胥[15]。	韩侯宴饮多欢畅。
韩侯取妻，	韩侯结婚娶贤妻，
汾王之甥[16]，	汾王府中外甥女，
蹶父之子[17]。	蹶父女儿娇滴滴。
韩侯迎止，	韩侯车队来迎亲，
于蹶之里。	蹶家大院弦歌起。
百两彭彭，	百辆婚车好拥挤，
八鸾锵锵，	八百鸾铃响声疾，
不显其光。	荣耀富贵真无比。
诸娣从之，	陪嫁妾随拥娘子，
祁祁如云[18]。	有如彩云落天际。

韩侯顾之，　　　　　　韩侯引领看夫人，
烂其盈门。　　　　　　光华灿烂多欢喜。

蹶父孔武，　　　　　　蹶父为人多威武，
靡国不到。　　　　　　没有哪国未曾去。
为韩姞相攸[19]，　　　他为姞儿相女婿，
莫如韩乐。　　　　　　莫如韩侯最如意。
孔乐韩土，　　　　　　韩国水土令人喜，
川泽讦讦。　　　　　　河流湖面无边际。
鲂鲊甫甫，　　　　　　鲂鱼鳊鱼肥又大，
麀鹿噳噳[20]。　　　　麀儿鹿儿挨挨挤。
有熊有罴，　　　　　　又有大熊又有罴，
有猫有虎。　　　　　　猫儿老虎也欢娱。
庆既令居，　　　　　　欢庆女儿得其所，
韩姞燕誉。　　　　　　韩姞开心笑声起。

溥彼韩城[21]，　　　　韩国城邑多宽广，
燕师所完。　　　　　　燕人修成此城邦。
以先祖受命，　　　　　韩国祖上受封命，
因时百蛮[22]。　　　　控制百蛮为尊长。
王锡韩侯，　　　　　　周王赏赐韩侯受，
其追其貊[23]。　　　　追貊两族要执掌。
奄受北国，　　　　　　安抚北方诸小国，
因以其伯。　　　　　　君临其上为其王。
实墉实壑[24]，　　　　率领他们筑城池，
实亩实籍。　　　　　　种地收租也奔忙。
献其貔皮[25]，　　　　蛮族贡献白狐皮，
赤豹黄罴。　　　　　　赤豹黄罴须敬上。

【注释】

[1]奕（yì义）奕，高大。梁山，在今河北固安县。

[2]倬（zhuō桌），宽广。

[3]韩侯，武王子封为韩侯，封地在今河北固安。韩侯故去，其子受册命，世袭其地。

[4]缵（zuǎn纂），继承。戎，你。

[5]榦（gàn干），征服。不庭，不朝拜周王。方，方国。

[6]觐（jìn尽），朝拜晋见。

[7]簟（diàn店）茀，竹席。错衡，画有花纹的车前横木。

[8]玄衮（gǔn滚），黑色官礼服。赤舄（xì戏），红鞋。

[9]鞹（kuò扩），去掉毛的兽皮。鞃（hóng红），车前横木上所铺设的兽皮。幭（miè灭），车轼上所裹的虎皮。

[10]屠，在今西安东面。

[11]饯，设宴饯行。

[12]炰（páo刨），煮。

[13]蔌（sù速），素菜。

[14]笾（biān边）豆，装果菜的容器。且（jū居），多而齐整。

[15]侯式，韩侯。燕胥，快活。

[16]汾王，厉王被国人赶跑，流亡在汾水旁的彘地，故称汾王。甥，甥女。

[17]蹶父，姓姞，周宣王之卿士。

[18]祁祁，众多。

[19]韩姞（jí吉），姞蹶父的女儿，嫁给韩侯后为韩姞。相，观看。攸，居处。指相女婿，视察女婿的封地。

[20]麀（yōu优），母鹿。噳（yǔ语）噳，挨挨挤挤状。

[21]溥（pǔ普），博大。

[22]因，按例控制。时，是，这些。

[23]追、貊（mò陌），北狄小国名。

[24]实，是。墉（yōng拥），筑城。壑（hè贺），挖护城河。

[25]貔（pí皮），白狐。

江　汉

【导读】

这首诗写召公奉宣公之命出兵淮夷，扬其军威，并赞美宣王知人善任。

【评介】

“《江汉》，尹吉甫美宣王也。能兴衰拨乱，命召公平淮夷。”（《毛诗序》）

“宣王命召穆公平淮南之夷，诗人美之。”（朱熹《诗集传》）

“盖自铭其器耳。夫淮夷平自是宣王中兴事，然诗非为宣王作，特编《诗》者录之，以见宣王之功也。”（方玉润《诗经原始》）

“这是一位诗人叙述周宣王命令召虎带兵讨伐淮夷的诗。”（程俊英《诗经译注》）

【原诗】	【译诗】
江汉浮浮，	长江汉水波浪骤，
武夫滔滔。	武夫战士雄赳赳。
匪安匪游，	不图安逸不闲游，
淮夷来求[1]。	要把淮夷讨伐够。
既出我车，	我军兵车齐出动，
既设我旟[2]。	我军战旗插车头。
匪安匪舒，	不图苟安不辞劳，
淮夷来铺[3]。	大兵压境淮夷休。
江汉汤汤[4]，	长江汉水浪滔滔，

武夫洸洸[5]。　　英雄好汉士气高。
经营四方，　　征讨四方叛逆者，
告成于王。　　捷报频传周王笑。
四方既平，　　四方既然已平定，
王国庶定。　　邦国安定万事好。
时靡有争，　　形势太平无争战，
王心载宁。　　周王心中不烦恼。

江汉之浒，　　长江之滨汉水浒，
王命召虎[6]，　　周王命令召伯虎：
式辟四方，　　“率部四方去开辟，
彻我疆土。　　划定治理我疆土。
匪疚匪棘[7]，　　不扰百姓不逼迫，
王国来极。　　周朝威仪教化舒。
于疆于理，　　划分疆界平田地，
至于南海。　　直到南海天际处。

王命召虎，　　周王命令召伯虎，
来旬来宣。　　巡视宣抚到四方。
文武受命，　　“文王武王受天命，
召公维翰。　　召公辅佐是栋梁。
无曰：予小子，　　不要说我年纪轻，
召公是似。　　召公功业你效仿。
肇敏戎公[8]，　　赶快立功报大捷，
用锡尔祉[9]。　　赐你福禄享用长。”

釐尔圭瓒，　　“赏你玉勺稀世珍，
秬鬯一卣[10]。　　赠你黍酒香氤氲。

告于文人[11]，	祭告你的文德祖，
锡山土田。	赐你土地与山林。
于周受命，	你到岐周受册命，
自召祖命。	仪典依循你先人。”
虎拜稽首，	召虎谢恩忙磕头，
天子万年。	“天子万岁无止境！”

虎拜稽首，	召虎谢恩忙磕头，
对扬王休[12]。	称颂周王赏赐厚。
作召公考[13]，	书写召公歌颂辞，
天子万寿。	天子万岁永长寿。
明明天子，	英明清正周天子，
令闻不已。	声名远播无止休。
矢其文德[14]，	施其德政于天下，
洽此四国。	融汇四方和诸侯。

【注释】

[1]淮夷，淮水近海处。求，征讨。

[2]旟（yú于），画有鸟隼的旗。

[3]铺，陈兵设阵。

[4]汤（shāng商）汤，浩荡。

[5]洸（guāng光）洸，威武豪壮。

[6]召虎，其先祖姓姬，称召公奭，灭商功臣，其封地在召地。召虎即召伯。

[7]疚，病害。棘，疾，逼迫。

[8]肇，创始。戎公，大功业。

[9]锡，赐。祉（zhǐ止），福音。

[10]秬（jù巨），黑黍。鬯（chàng畅），香草。二者合酿成香黍酒。
卣（yǒu有），有柄酒壶。

[11]告，祭告。文人，文德先祖。
[12]对，答对。扬，颂扬。休，美。
[13]考，铸字于上的青铜器，用来歌功颂德。
[14]矢，施行，推广。

常 武

【导读】

这首诗写周宣王亲率军队讨伐叛乱的徐国。前两章是出战前的准备，宣王任命将士，部署作战，即见赫赫军威；后三章描写战争过程，周宣王用兵如神，势不可挡，凯旋而归。

【评介】

“《常武》，召穆公美宣王也。有常德以立武事，因以为戒然。”（《毛诗序》）

“宣王自将以伐淮北之夷，而命卿士之谓南仲为大祖兼大师而字皇父者，整治其从行之六军，修其戎事，以除淮夷之乱，而惠此南方之国，诗人作此诗以美之。”（朱熹《诗集传》）

“《常武》，周宣王亲征淮夷、徐方凯旋之歌。”（陈子展《诗经直解》）

“这是赞美宣王平定徐国叛乱的诗。”（程俊英《诗经译注》）

【原诗】	【译诗】
赫赫明明，	威威赫赫又英明，
王命卿士[1]。	周王命令卿士听。
南仲大祖[2]，	太祖庙中传南仲，

大师皇父[3]。　　太师皇父皆受命。
整我六师，　　整顿六军兵威振，
以修我戎。　　修理兵器好出征。
既敬既戒，　　将士警惕守戒令，
惠此南国。　　兵临南国救苍生。

王谓尹氏[4]，　　周王钦命尹吉甫，
命程伯休父[5]。　　程伯休父听传令。
左右陈行，　　军队排阵列左右，
戒我师旅：　　戒律条款要听清。
率彼淮浦，　　沿着淮河岸边行，
省此徐土[6]。　　徐国地盘细查巡。
不留不处，　　我军勿须久停留，
三事就绪[7]。　　三将事毕转回程。

赫赫业业，　　威威赫赫气势凛，
有严天子。　　庄严圣明天子尊。
王舒保作，　　周王从容往前行，
匪绍匪游。　　不延缓来不歇停。
徐方绎骚[8]，　　徐国闻讯齐骚动，
震惊徐方。　　王师军威徐国震。
如雷如霆，　　周王振奋威武生，
徐方震惊。　　怒气冲天大地震。

王奋厥武，　　如虎战士打头阵，
如震如怒。　　吼声恰似猛虎鸣。
进厥虎臣，　　王师淮水列阵势，
阚如虓虎[9]。　　捕获大批俘虏兵。

铺敦淮濆[10]，　　　　堵截敌军淮水边，
仍执丑虏[11]。　　　　王师大胜立兵营。
截彼淮浦，　　　　淮洒沿岸脚跟稳，
王师之所。　　　　中军帐篷扎下根。

王旅啴啴[12]，　　　　周王军旅多强盛，
如飞如翰，　　　　如同神鹰在飞行，
如江如汉。　　　　如同江汉流水鸣。
如山之苞，　　　　如同青山难摧毁，
如川之流。　　　　如同波浪拍飞云。
绵绵翼翼，　　　　连绵不断羽翼齐，
不测不克，　　　　军机缜密难测定，
濯征徐国[13]。　　　　征讨徐国功将成。

王犹允塞[14]，　　　　周王谋略真英明，
徐方既来。　　　　徐国归降已称臣。
徐方既同，　　　　徐国既与周同心，
天子之功。　　　　天子奇功天下闻。
四方既平，　　　　天下四方都平定，
徐方来庭。　　　　徐国进贡来王庭。
徐方不回[15]，　　　　从此徐国不叛乱，
王曰：还归。　　　　王命大军返朝廷。

【注释】

[1]卿士，高级行政官员。

[2]南仲，宣王大臣。大祖，太祖庙。

[3]大师，太师，执掌军权。皇父，宣王大臣。

[4]尹氏，尹吉甫。

[5]程伯，程地（今陕西咸阳）伯爵。程伯名休父。

[6]省，视察。徐土，徐国，今安徽泗县北面。

[7]三事，三卿。就绪，安排停妥，各就各位。

[8]绎骚，骚动不安。

[9]阚（hǎn喊）如，虎发怒的样子。虓（xiāo肖），咆哮。

[10]铺，布阵陈兵。敦，迫近。濆（fén坟），高地。

[11]仍，拉。丑虏，俘虏。

[12]啴（tān贪）啴，众多而气盛。

[13]濯（zhuó浊），大。

[14]犹，谋略。允塞，英明、周全。

[15]不回，不敢再叛乱。

瞻　卬

【导读】

这首诗刺周幽王宠幸褒姒，荒淫无道，祸国殃民。诗人忧国忧民，痛心疾首。整首诗言辞锋利，气势逼人。

【评介】

“《瞻卬》，凡伯刺幽王大坏也。”（《毛诗序》）

“此刺幽王嬖褒姒任奄人以致乱之诗。”（朱熹《诗集传》）

“《瞻卬》，刺幽王宠褒姒，将致大乱亡国而作。”（陈子展《诗经直解》）

“这是一位诗人讽刺幽王宠幸褒姒、斥逐贤良，以致乱政病民，国运濒危的诗。”（程俊英《诗经译注》）

【原诗】	【译诗】
瞻卬昊天[1]，	抬头仰望苍天，
则不我惠。	何不恩惠于我。
孔填不宁[2]，	长久不得安宁，
降此大厉。	降下如此大祸。
邦靡有定，	国家难以安定，
士民其瘵[3]。	士民百姓病多。
蟊贼蟊疾[4]，	害虫啃吃庄稼，
靡有夷届[5]。	无休无止折磨。
罪罟不收[6]，	酷刑罪网不收，
靡有夷瘳[7]。	何时自在生活？
人有土田，	人家良田沃土，
女反有之。	你却占为已有。
人有民人，	人家管辖之民，
女覆夺之。	你又夺为已有。
此宜无罪，	这人本无罪过，
女反收之。	你却无理拘留。
彼宜有罪，	那人实属有罪，
女覆说之。	你却令其溜走。
哲夫成城，	才子称霸横行，
哲妇倾城。	才女倾国毁城。
懿厥哲妇[8]，	叹那有才妇人，
为枭为鸱[9]。	恶枭瞵猫头鹰。
妇有长舌，	妇有多嘴长舌，
维厉之阶[10]。	是那祸害原因。
乱匪降自天，	祸乱非从天降，

生自妇人。	竟然出自妇人。
匪教匪诲，	没人教诲君王，
时维妇寺[11]。	他把妇人话听。

鞫人忮忒[12]，	专事造谣诬告，
谮始竟背[13]。	谗言前后颠倒。
岂曰不极？	难道这还不坏？
伊胡为慝[14]！	为何爱她妖娆？
如贾三倍，	商人三倍获利，
君子是识。	官人任职安好。
妇无公事，	妇人勿管公事，
休其蚕织。	荒疏蚕织不好。

天何以刺？	老天为何讥刺？
何神不富？	神灵何不赐福？
舍尔介狄，	饶恕恶行之人，
维予胥忌[15]。	但却对我忌妒。
不吊不祥，	不吊丧不求祥，
威仪不类。	威仪礼数不修。
人之云亡，	好人尽皆流亡，
邦国殄瘁[16]。	国家危难临头。

天之降罔，	老天降下罗网，
维其优矣。	又多又宽又广。
人之云亡，	好人尽皆流亡，
心之忧矣。	心中无比忧伤。
天之降罔，	老天降下罗网，
维其几矣。	国家危险紧张。

人之云亡，　　　　好人尽皆流亡，
心之悲矣。　　　　心底何等悲伤！

觱沸槛泉[17]，　　　槛泉往外翻腾，
维其深矣。　　　　渊源如此之深。
心之忧矣，　　　　心中忧伤无比，
宁自今矣。　　　　难道肇始于今？
不自我先，　　　　苦难不降生前，
不自我后。　　　　身后灾祸不跟。
藐藐昊天，　　　　老天浩茫无垠，
无不克巩。　　　　定会巩固自身。
无忝皇祖[18]，　　　不要辱没皇祖，
式救尔后。　　　　且须救你王孙。

【注释】

[1]卬，通“仰”。昊天，喻当政的周幽王。

[2]孔填，很久。

[3]瘵（zhài债），病痛。

[4]蟊（máo矛）贼，啃吃庄稼的害虫。

[5]届，休止。

[6]罟（gǔ古），网。罪罟指法网酷刑。

[7]瘳（chōu抽），病痊瘉。

[8]懿，噫，可叹。哲，有才有识。哲妇指褒姒。幽王宠褒姒，远忠臣，致使国势飘摇，这是本诗题旨。

[9]枭（xiāo消），食母之恶鸟。鸱（chī痴），猫头鹰。

[10]厉，祸患。阶，指原因。

[11]时，是。维，只。妇，褒姒。寺，同侍。

[12]鞫（jū居），告诉。忮（zhì志），伤人。忒（tè特），不是，过错。

[13]谮（zèn怎第四声），讲坏话，进谗言。始竟，开始、终究。背，自相违背。

[14]胡，为何。慝（te特），溺爱可喜。

[15]维，惟，只。胥，相。

[16]殄（tiǎn舔）瘁，困顿病累。

[17]觱（bì必）沸，向上翻涌。槛，满溢，泛滥。

[18]忝（tiǎn舔），辱没。

召旻

【导读】

这首诗刺周幽王昏庸无道，忠奸不分，用人不贤，使国家遭受内忧外患，岌岌可危。

【评介】

“《召旻》，凡伯刺幽王大坏也。”（《毛诗序》）

“此刺幽王任用小人以致饥馑侵削之诗也。”（朱熹《诗集传》）

“这是一位老臣讽刺幽王任用奸邪，朝政昏乱，以致外患严重，国土日削，即将灭亡的诗。”（程俊英《诗经译注》）

【原诗】	【译诗】
旻天疾威[1]，	老天暴虐凶狂，
天笃降丧[2]。	不断降下灾荒。
瘨我饥馑[3]，	我们饥饿生病，
民卒流亡。	百姓逃荒流亡。
我居圉卒荒[4]，	灾荒波及边疆，

后　记

1989年夏天，我在中山大学王季思、黄天骥先生的耳提面命之下，圆满获得文学博士学位。

当年新鲜出炉的文学博士还比较稀缺，因此选择也可能比较多元。留在花城，请益复旦，北上京华，似乎都有可能，但又急切间未得分明。

关键时刻，又得华东师范大学徐中玉、齐森华先生之推荐，应时任上海戏剧学院院长余秋雨先生之盛情邀约，来到上戏任教。余先生以其一贯严密的逻辑推理言到，上戏教师当然藏龙卧虎，但是你谢博士若来到美丽园任教，就是上戏第一位具有博士学位的教师。

我当然知道，什么事情排在第一位，就有无穷的可能性，想象的空间甚为开阔。因此如约来到华山路上的美丽园中，将13年的青春岁月，共享上戏的诸多美好风景，当然也领受了较长时期住房的困顿，以及该校学术氛围的相对寂寞。

大上海毕竟云蒸霞蔚，气象万千。在沪上，我与各高校的一批青年才俊们多有学术往还。青春做伴，每有意气风发之状，把酒论诗，常得志趣相得之妙。汪涌豪的才情，吴承学的学问，陈建华的板书，陆林的哲思，都令我印象颇深。吴格兄从华师大到复旦，都在图书馆古籍部任职，其为人之质朴，学问之扎实，几乎成为我百问不烦的古典宝库。

当年这些年轻的兄弟哥们之中，既有来自外省各地的草莽出身，也有出身名门的教科文二代。比方吴格兄是朱东润先生的孙女快婿，钱杭兄是上海古籍出版社总编辑、社长钱伯成先生的哲嗣。

上海的学林出版社，俨然有推举青年才人的君子之风，当年以银灰色的封面装帧，推出了一系列博士论文，例如南京大学周安华《深沉悲怆的生命旋律——论中国八十年代悲剧创作》，钱杭兄的《周代宗法制度史》，以及我的《中国悲剧史纲》，都在此列。责任编辑是复旦毕业的张建一兄，他为我们的博士论文出版发行，付出了较多心血，做了极为缜密的编辑工作。

在同一出版社结下了书缘之后，我与钱杭的交往就密集一些了。听他们研究历史宗法的人讲学问，让我们这些中文系的人们顿生敬畏之心。同样，他们从事历史研究的人们，也对文学发展和戏剧演进，抱有较为浓厚的兴趣。因此引为知己，时常各言其志。

一天，钱杭对我说，他爸爸要编一部《白话十三经》，要找一批青年博士集中来做，问我是否有兴趣认领其中的两部经典，参加译注工作。我当然对经典有着浓厚的兴趣，就多次前往钱府，向钱伯城先生请教。

钱府古雅清幽，书香门第，文气氤氲。作为从事出版业多年的老编辑和出版家，钱伯城先生既有文人的风骨气度，又有出版家务实高效的干练作风。钱氏父子都翻阅过拙著，对我的文笔思路有了解，当然更对我硕博期间问学于华东师大和中山大学名师之下的出身，更为首肯。因此，他们对我特别礼遇，让我自己在《十三经》中任选两部。

从汉代开始立《诗经》《尚书》《周易》《礼记》《春秋》为五经；唐代踵事增华，先加上《周礼》《仪礼》，并将《春秋》分为《春秋左氏传》《春秋公羊传》《春秋谷梁传》，增益为九经；开成年间又加《孝经》《论语》《尔雅》为十二经；到了南宋时期，复增亚圣的《孟子》在列，一共尊为《十三经》。

尽管我历经了中文系学士、硕士和博士十年不间断的学位教育，但是面对《十三经》还是敬畏多于研究。想来想去，《诗经》与文学关系最密切，《尔雅》是最早的辞书，又能让我多识于天地山川禽兽虫鱼之名，因此便选择了这两种书。

既然我已经选定了注译的书目，钱氏父子也欣然同意，这就是钱家的风雅气度。后来我才知道，钱公子已经出版过香港版的《诗经》注本，他对《诗经》原本就有深刻的研究。但是为了我的选择，他们情愿让贤，情愿再看到一位中文系出身的博士的《诗经》译注本。君子成人之美，钱氏父子，庶几有之。

受命之后的漫长的日子里，我借阅了各种版本的典籍与辞书，希望把《诗经》《尔雅》的注译做好。《诗经》的注译，略微好一点，尤其是将其翻译成现代歌谣，我可能胜任愉快一些，因为从小写歌词，写剧本，做新旧体诗，还是能找到一些感觉。当年从上海回武汉，要坐漫长的轮船。我的叔叔是长江航运公司的经理，所以我得以在轮船的一等舱中注译古诗。漫漫诗意与滔滔江水的涛声相呼应，遥想《柏舟》等《诗经》中涉水的篇章，倒是另有一番情趣。

但是注译《尔雅》，却是殊大不易。该书看起来篇幅并不是太浩大，但是无一字一句无出处，都要查阅各种大部头的工具书。而且不同典籍的解释并不都是倾向一致，于是要辨别选择，择善而从。有的时候，我甚至还不无庆幸地想，幸亏《尔雅》的篇幅不大浩瀚，倘若字数更多，查阅典籍就会愈加繁杂，这就可能引起精神状态的高度不适。这也注定我道心不坚，很难在考证方面，做出较好较多的文章。

由钱先生主编，我参与其事的《白话十三经》，由国际文化交流出版公司发行，至今已经有近三十年书龄了。

屈指二十七年前，《诗经》《尔雅》付梓，也是一桩学林佳话。这些年来，我在戏剧方面用功多一些，俨然忘了自己原本就是古典文学的学习者、研究者和从业者。如今有缘将《诗经》作为单行本，在中国戏剧出版社付梓发行，这也是不忘初心、致敬经典的践行。

《中华远古的恋歌雅乐——〈诗经〉注译与导读》，作为单行本出版，也有了新的特色。上海古籍出版社的编辑钮君怡，在南京师范大学和上海交通大学都与我有师生之谊，她为单行本《诗经》集评题解，做了很多细致的工作，然而又坚决不肯署名。君子不掠人之美，必须要在此感谢她在十几年之前关于《诗经》乐章的加花变奏。

我的硕士研究生郭泽莹、杨万奇，还有同届研究生李代鹏，为本书注释与译诗的过录，做了大量文字录入和注释考辨工作，谨此致谢。

中国戏剧出版社的王恬老师，这几年担任我在该社所出著作的责任编辑。她的工作作风很细致，经常能给我带来新的启发；她也催促我将包括本书在内的一系列书籍如期出版，在此尤其表示感谢。

此书问世之后，在古往今来关于《诗经》注释和译注的著作中，又多了心香一瓣，小花一枝。但愿读者诸君多多指教，这就使得中华远古最早的恋歌雅乐，能够在当代社会中得以进一步的推广，也期望能在国际汉学界有着更加广远的传播。

作为人类共同的文化遗产，关于《诗经》的学习、研读和致敬，在浩瀚宇宙中的蔚蓝色地球上，历久而弥新，古老而永恒。

谢柏梁

2021年7月28日写于中国戏曲学院